PREFAZIONE POETICA

Di Nuccio

Il direttore che fa?
Dirige!
È un dirigibile?
No, no:
è uno che dirige!
Ah, allora che fa?
Niente!

CAPITOLO I
LAIO

«Che vuoi fare da grande?»

«Il direttore di un supermercato».

È un dialogo impossibile. Essere il direttore di un supermercato non è un lavoro affascinante. Nulla a che vedere con l'infanzia. In effetti, da virgulto, nemmeno Laio aveva mai rivelato aspirazioni simili, ma, ventiduenne, colse una grossa occasione: era morto da poco Nicostrato, direttore del supermercato *Sei Bello Se Compri*, sito in Via delle Martellate 16. Si candidò, dunque, alla guida del negozio. Presentatosi al cospetto del Collegio dei Commessi, scoprì, però, con sommo sbigottimento, che, per proporsi, avrebbe dovuto compiere un rito. La nomina vera e propria sarebbe avvenuta in un secondo momento, per acclamazione. Il Rito Amico ed Accennato per la Successione al Soglio Frigorifero poteva cominciare. Il candidato doveva, nell'ordine: piangere per due ore (le lacrime versate testimoniavano il terrore, condiviso da tutti i frequentatori del negozio, che la fine di un regno potesse causare la fine di tutti i regni); accarezzare due frammenti di parabrezza (il significato di questo gesto rituale era ignoto); pronunciare, infine, questa formula, rivolgendosi idealmente al direttore precedente:

«Vattene, vattene: tanto arriva un altro dopo di te!»

(questa dizione stabiliva la continuità del regno al di là della morte di un singolo regnante). Laio compì il rito e divenne, tra le urla dei frequentatori del negozio, Direttore del Supermercato.
«Vuole assumersi davvero questa responsabilità!»,
«E' molto volenteroso!»,
«Ha il carattere giusto!».
I membri del Collegio dei Commessi si scambiavano molte frasi di questo genere. C'era molto entusiasmo per il nuovo capo. L'euforia aumentò dopo che percosse immotivatamente un addetto al reparto detersivi, gridando:
«Io ti chiedo un *PulisciTutto* e tu mi dai un *PulisciPoco*. Sei un putrido letame umano! Non sei degno nemmeno dell'astratto senso del pudore che mi porterebbe ad ignorare la tua esistenza!».
Questa enfasi insopportabile convinse tutti che Laio era l'uomo giusto al posto giusto. Il rito, di solito, si concludeva con la consegna, per mano della figlia del commesso più anziano, di una confezione di *CioccoLasco* al nuovo direttore (questo cioccolato era pubblicizzato con uno slogan abominevole: "*CioccoLasco*, il cioccolato che scende lasco nell'esofago!"). Per l'occasione, il prodotto fu rinominato *CioccoLaio*. Il nuovo direttore pronunciò il discorso seguente:

«Cari Commessi, care Commesse, cari Clienti, care Clienti, cari Vecchi Arroganti che pretendono di essere sempre il numero ventitré al banco macelleria: è a voi che mi rivolgo! Aiutatemi! Continuate ciò che Nicostrato ha cominciato: fate guadagnare il negozio! Il negozio non sono io, non siete voi: il negozio è il suo stesso guadagno! Cresceremo insieme, diventeremo più ricchi, ameremo donne, uomini, case al mare, case in montagna. Quante case in montagna compreremo! Sì, perché, cari Commessi, care Commesse, cari Clienti, care Clienti, cari Vecchi Arroganti, diciamocelo: le case al mare sono per i liberi professionisti, non per noi, impavidi frequentatori del supermercato! A noi, la montagna e le sue vette! A loro, il mare e le sue bassezze! Riusciremo nel nostro intento se saremo umani: se ci ammireremo reciprocamente, se ci ameremo reciprocamente, se ci amareggeremo reciprocamente ma moderatamente! Quanto saranno umani i nostri gesti quotidiani! Quanto saranno umani i nostri sguardi d'intesa: ci capiremo al volo, non avremo necessità di comunicare esplicitamente, ci capiremo! Il negozio sarà un meccanismo splendido, barocco, efficientissimo! Ecco, noi saremo gli ingranaggi! Grazie a noi, il meccanismo sarà automatico, autonomo, aerodinamico: non avrà bisogno di altre filiali, di salvatori presunti, di messianismi improvvisati!

Libero, ricco: ecco il negozio che vogliamo! Viva il supermercato, viva l'aspirapolvere, viva i pantaloni gialli! Grazie!».

La vita del negozio veniva adornata da parole che non suonavano per nulla retoriche.

«Buonasera»,

«Buongiorno»

«Sei davvero radioso oggi!»,

«Dai, grande fiore, puoi farcela!».

I commessi, a causa di queste galanterie del direttore, non erano in grado di percepire la violenza. Paradigmatico il caso della commessa della cassa quattro alla quale lui sorrideva e, di solito, subito dopo, sferrava un pugno in faccia. Pur avendo dei segni viola sulla guancia destra, lei non riusciva a dire altro che:

«Grazie, Direttore!»

Allo stesso modo, l'addetto al reparto detersivi, già innamorato dopo il primo rimprovero, sembrava incapace di non andare in estasi di fronte al proprio aguzzino. Ingiuriato delirava, aprendo le braccia e biascicando frasi tipo:

«Ancora!»,

«Merito tutto questo!»,

«Come sei dolce!».

Rinvenuto, raccontava di meravigliose visioni, in cui il direttore aveva le sembianze – parole sue – dell'uomo più gentile del mondo. Naturalmente, qualcuno tentava di ribellarsi. Le reazioni erano feroci, però: il delatore era tacciato, nel migliore dei casi, di follia e si sentiva dire spesso frasi come questa:

«Il direttore è bravissimo, non può aver fatto questo o, se lo ha fatto, c'era un motivo oppure non ha fatto niente di tutto ciò e tu sei un bastardo!».

(Ci scusiamo dell'assetto confusionario della frase ma siamo costretti ad essere fedeli all'originale orale). Anche Giocasta, figlia del commesso più anziano, dunque portatrice della confezione di *CioccoLasco*, si innamorò del regnante del supermercato. Un consigliere aveva già suggerito a Laio di trovare una compagna, che potesse fungere da sposa, dama di compagnia e, soprattutto, madre, nel caso in cui sua Maestà avesse deciso di dar vita ad una schiera di futuri direttori. Laio, poco dopo la chiusura, durante un ventitré agosto, diede uno sganassone violentissimo a Giocasta che svenne, finendo tra le braccia del direttore. La scena fu molto apprezzata dai frequentatori del negozio tanto che si levò un coro unanime:

«Com'è premuroso! Che bell'abbraccio!».

Da questo primo schiaffo, gli anni passarono velocemente. I due si sposarono e comprarono una bella casa. Sul campanello c'era scritto solo *Il Direttore*. Laio si era leggermente immedesimato nel ruolo, ritenendosi lo spirito incarnato di un ipotetico Unico Direttore di Tutto.

«Mi piace il minimalismo!»,
disse nel momento solenne dell'acquisto dei mobili. L'abitazione era tappezzata di nulla: nessun ornamento. Giocasta adorava una certa libreria *La Bellissima* in mogano ma, naturalmente, non ebbe alcuna voce in capitolo. Era un pomeriggio d'estate. I due aspettavano Micrologo, un interior designer. Dling dlong. Ci fu un lungo applauso di benvenuto: il cui clamore fu tanto intenso che i vicini ebbero, da quel momento, danni permanenti alle orecchie. Perché tanta deferenza? Micrologo doveva assegnare, ispezionate le case del quartiere, il titolo di *Casa più bella del Mondo*. Il vaglio ebbe inizio. L'indice dell'interior designer segnalò un comodino, presente in camera da letto. Laio e Giocasta sbiancarono. Cominciò una lunga spiegazione sulla funzione dei comodini:

«I comodini non sono semplici gregari: non si può derubricare il comodino ad un oggetto ancillare. Caro direttor Laio, si ricordi che occorre sempre recuperare ciò che è perduto agli occhi altrui! È necessario rendere sempre il minimo un massimo. Solo così si rende giustizia alla complessità degli interni. Un vano non è fatto solo di evidenze ma anche di elementi insulsi, eppure fondamentali: il comodino appartiene a questa categoria. Ho detto categoria. Mio Dio. Ho sbagliato. Deve essere il conformismo che si respira in questa casa! Le categorie non esistono: affossano, innalzano, differenziano ma non esistono! Quanti delitti sono compiuti in nome delle categorie? Il comodino stesso è stato oppresso per secoli. Il comodino va al centro della stanza, Laio, al centro!».
Laio, indispettito, gettò Micrologo dal balcone. Addio, Micrologo. Addio, premio. Addio, tutto.

CAPITOLO II
GIOCASTA

«Sai cara, devi, come posso dire, centellinare il tuo entusiasmo: qualcuno potrebbe approfittarsene! E poi, siamo franche, cara, tu sei depositaria di una merce rara: tu possiedi una pepita che ogni cercatore d'oro brama già da sempre. Devi comportarti di conseguenza, cioè come una monopolista. Ti faccio una breve lezione di economia, cara: se qualcuno ha qualcosa che nessuno ha, questo qualcuno può fissare il prezzo di questo qualcosa e, di solito, fissa un prezzo molto alto!».

Giocasta scovò immediatamente la fallacia del discorso della nonna:

«Ma io non sono la sola a possedere la pepita. Ce ne sono molte, anzi moltissime, che la possiedono».

«Ecco, cara, qui sbagli: sei unica, come nessuna! Sei complicata e semplice, come nessuna! Sei mirabolante e brillante, come nessuna! E anche se tutto ciò fosse falso, non dovresti mostrare sprezzo per le falsità: sei troppo realista, bambina mia! Più fantasiosa, cara, più fantasiosa! Chi vorrebbe mai credere ad una realista noiosa, petulante, onnipresente? Più fantasiosa, cara, più fantasiosa!».

Gli intercalari, le ripetizioni e le assonanze e, soprattutto, l'aria da saputella, davano di Euridice – così si chiamava la nonna di Giocasta – un'immagine ben precisa: fumosa, cattedratica, ambigua, totalitaria e tollerante, accogliente e respingente, naif e pignola. Giocasta non amava nulla di tutto ciò, apparentemente, ma, assolvendo la nonna e donandole un goccio di esclusività, disse:
«Non ho capito nonna, però, va bene così».
Il sottinteso era:
«Nonna, mi fai schifo e, di solito, di queste distinzioni da sofista e di questo tono da professoressa me ne frego. Per te, faccio un'eccezione».

Tutti i rapporti di Giocasta si manifestarono, successivamente, secondo uno schema simile: si innamorava di qualcuno – volontariamente o forzosamente, poco importa -, gli donava un goccio di esclusività («Questa sciata possiamo farla solo noi due assieme», «In questo negozio ci entro solo con te», «Questo bicchiere mi ricorda te»); creava un'intimità fittizia, concedendo qualche finto privilegio. Tutti la amavano, pensavano di lei ogni bene possibile. Erano completamente soggiogati dalla sua dolcezza, elargita così sapientemente. Sarebbe stato facile interpretare in senso volgare il discorso della nonna. Giocasta intese, d'altro canto, la parola *pepita* come sinonimo di *capacità di farsi ben volere da chiunque*. Ben presto, *Giocasta* non fu più un nome proprio ma un termine relativo, definibile solo attraverso altri termini, altri esseri, altri scemi. Da bambina, la nostra protagonista salvò, da morte certa, dieci ragazzini che avevano deciso di correre, ad occhi chiusi, per cento metri. Il vincitore della gara si sarebbe aggiudicato il titolo di *Nostro Padrone*, riverito per cento giorni consecutivi. Naturalmente, questi atleti non avevano tenuto conto di un piccolo strapiombo, formatosi a seguito di alcuni lavori di manutenzione stradale, e stavano per precipitare. Giocasta intervenne, gridando:
«Frenatevi, birichini!».

Birichini era una parola tenera, materna e desueta: il fatto che la pronunciasse una bambina così piccola faceva una certa impressione. Sembrava che lo spirito di Atlante si fosse incarnato: su di lei, sul suo viso, sulle sue esternazioni responsabili, era impresso tutto il peso del mondo. La marmaglia, piuttosto ricettiva, si arrestò appena in tempo. Giocasta fu premiata dal comando di polizia. Provò una sensazione che le piacque parecchio. Tutti applaudivano il suo gesto nobile e ammiravano la sua bontà d'animo. Tutti glorificavano la santa. Ebbe una visione: scorse Dio, col volto di un attore italiano impegnato socialmente, che le diceva: «Ce la farai…».

Si sentiva destinata ad una vita piena. A questo afflato altruistico si accompagnava, però, un certo disprezzo per gli altri. I genitori di Giocasta erano andati in rovina, poco dopo la nascita della bimba, e questo causava spesso situazioni spiacevoli. Una volta, i due erano privi di vestiti: gli unici indumenti di lui erano in lavatrice; gli unici indumenti di lei erano stati venduti ad un capitano di ventura in cerca della sua calibro 22. Nonostante la nudità, sfilavano per le strade di Tebe canticchiando *Why Are Sundays So Depressing?* dei *The Strokes*. Si levarono immediatamente, da ogni dove, schiamazzi, risate e parole di diniego. Fece eccezione un certo Aristocle, che fu gentile con la coppia per scopi non propriamente infermieristici. Giocasta assistette alla scena, paonazza. Si dotò di un telo nero in pelle di tapiro. Terminato l'inseguimento, coprì la coppia gioiosa. Non capiva i loro sorrisi:

«Come si può ridere, mentre si vive una tragedia come questa? Come si può ridere, mentre tutti ti guardano? Come si può ridere, mentre ogni occhio ti giudica?».

Era diventata estremamente sensibile: riusciva a decifrare il disprezzo in ogni sguardo, in ogni sopracciglio, in ogni dito giudicante. La famiglia di Giocasta abitava in una casetta in Via dei Cieli Stellati Straordinari 8. Nel circondario, a poche ore dalla scampagnata vergognosa di cui sopra, si sentì uno sparo. Le possibilità erano due: il capitano di ventura già citato aveva iniziato una guerra condominiale oppure l'inquilino del primo piano si era stancato di ridere di tutto. Sta di fatto che, dopo questo sparo, i genitori di Giocasta non corsero più nudi da nessuna parte. La bambina decise di farsi adottare da un commesso anziano del supermercato che le voleva molto bene. Per garantirle una vita dignitosa, il vecchio donò il proprio pancreas ad un collega per avanzare di grado. Sarebbe diventato, durante il Rito per l'Avanzamento di Grado, Commesso Bravo. Poteva emanare qualunque decreto. Gridando:

«Veto!»,

superava temporaneamente, per importanza, il Collegio dei Commessi, organo supremo del supermercato. Sentendosi un buono, cercò di perseguire politiche egualitarie attraverso il suo:

«Veto!».

Gli stessi beneficiari di questi provvedimenti, però, lo minacciarono di morte. Cambiò *mood*: mostrò una crudeltà leggera. Gli vennero tributati molti sguardi ammirati. Questa esperienza gli fece capire molte cose. La sua sapienza non poteva andare dispersa: Giocasta doveva giovarne. A questo scopo, il vecchio fece incidere, su un mattone, una frase latina (ovviamente lui di latino non sapeva nulla, quindi non sappiamo se la costruzione e la traduzione della frase siano corrette):
imperari ut imperas (per comandare, devi essere comandato).
Il tesoro fu nascosto nello scantinato di una casetta abbandonata in Via Ambaradam 77, precisamente in un'intercapedine coperta dalla Trinità del Masaccio. Il vecchio morì. Poco prima di spirare, si rivolse all'orecchio disperato di Giocasta:
«Nell'abbandono, troverai la Trinità. Dietro di lei, scorgerai la Verità».
La ragazza non amava nulla di tutto ciò, apparentemente, ma, assolvendo il vecchio e donandogli un goccio di esclusività, disse:
«Non ho capito papà, però va bene così».
Il sottinteso era:
«Papà, mi fai schifo e, di solito, di queste distinzioni da sofista e di questo tono da professore me ne frego. Per te, faccio un'eccezione».

A questo iniziale diniego seguì una specie di
illuminazione istantanea. Si ricordò della casetta di
Via Ambaradam 77 e dell'intercapedine dietro la
Trinità del Masaccio. Si disse:
«Il vecchio ha nascosto qualcosa lì»,
Il ritrovamento fu facile, come la comprensione del
motto inciso sul mattone. Così, Giocasta guardò
intensamente il direttor Laio. Lo conquistò,
dicendogli, in un momento di gioia collettiva:
«Sono tua, direttore».
Durante il matrimonio, non espresse mai un parere,
non ostacolò la carriera del marito, non acquistò la
libreria *La Bellissima*. Assistette con tranquillità
alla propria vita da direttora. L'idillio sembrò
terminare con la caduta di Micrologo.
Quell'avvenimento la sorprese, decisamente. Una
tipa come lei, però, lo stupore non poteva
permetterselo.

CAPITOLO III
LE INDAGINI, L'ASSOLUZIONE

(La gran parte del tessuto narrativo ricostruito in questo capitolo apparirà sfilacciato. Per questo, mi scuso, anche a nome delle Forze dell'Ordine, con il signor Buon Senso da Lettore, Conte di Cavour).
La caduta di Micrologo non passò inosservata. Un centinaio di persone si accalcò attorno al cadavere, che sembrava già putrefatto – questo, probabilmente, a causa della bruttezza dell'interior designer.
«Quanta brutalità!»,
«Gli hanno deturpato la faccia prima di buttarlo»,
«Non ci sono più gli assassini di una volta…».
Queste erano le frasi più gettonate. Alle ipotesi degli astanti, si sommarono le elucubrazioni degli inquirenti, giunti sul luogo del delitto con due giorni di ritardo. Si giustificarono incolpando la procura:
«Non hanno spedito subito le carte».
L'investigatore presentò un quadro credibile:
«Potrebbe essere stato lo stesso Micrologo che, deluso dalla mancanza d'ali dell'essere umano, ha tirato fuori le scapole, si è lanciato da un balcone, ha volicchiato per un po', è rimasto deluso anche dal volo e si schiantato da sé, per rappresaglia. Eccolo qui: stai bene, caro Micrologo, stai bene!».

Gli altri poliziotti erano convinti della veridicità di questa ricostruzione, anche perché obbediva alla classica legge narrativa, secondo cui la vittima e il colpevole sono la stessa persona. L'investigatore era un abile narratore: sapeva che assegnare a Micrologo il ruolo del suicida avrebbe reso la storia circolare. Circolarità significa comprensione. Comprensione significa tranquillità del lettore. Tranquillità del lettore significa apprezzamenti, vendite. Lui cosa doveva vendere? Niente. Era uno scrittore di professione? No. Doveva evitare, però, due cose: essere sprovvisto di una storia o, peggio, raccontare una storia troppo complicata Ad ogni modo, partì l'indagine. Primo indizio: sul braccio destro di Micrologo, accanto al tatuaggio *Soy el fuego che arde mi amòr*, era conficcato un pezzo di vetro. Durante la colluttazione, precedente alla caduta, il malcapitato aveva allargato il braccio suddetto con una certa verve, facendolo urtare con pezzi di vetro messi, forse appositamente, sull'unica mensola della casa. Secondo indizio: Micrologo aveva tre ferite sulla testa. La numerologia è una scienza esatta quando si tratta di delitti: il numero tre afferiva necessariamente al piano, il terzo, da cui era caduto il malcapitato. Terzo indizio: alcune persone, precipitatesi in strada, appena terminato il volo, avevano testimoniato che Micrologo aveva sussurrato ad un biondo rifatto la frase seguente:

«I comodini, cazzo, quei cazzo di comodini!».
Era il motto della Setta dei Creativi Interiori, di cui
il malcapitato faceva parte. Evidentemente, essendo
un brav'uomo, volle rivolgere il suo ultimo
pensiero ai suoi fratelli. Era importante sapere
quanto contasse la setta nella vita di Micrologo, in
modo da confermare o escludere l'ipotesi del
suicidio: una persona che appartiene a qualcosa non
può voler volare. Quarto indizio: dopo la caduta,
Laio aveva urlato:
«È morto, cazzo!».
Poco prima di questo strillo, era deceduto Franco,
un pesce rosso residente nell'acquario della
famiglia del direttore e della direttora. Dunque, è
probabile che quel:
«È morto, cazzo!»
si riferisse all'animale. Quinto indizio: nessuno, nel
vicinato, aveva sentito nulla. Le loro orecchie erano
state irrimediabilmente danneggiate dall'applauso
di benvenuto, fatto dai coniugi all'interior designer.
Rimaneva un mistero. Come spiegare quel buco
non troppo profondo che il malcapitato aveva
appena sopra l'inguine? Non poteva essere un
ombelico perché nessun individuo, il cui nome
cominciava per *m* poteva avere un ombelico. Fatta
una nuova ricognizione delle possibilità narrative
aperte da questi indizi, l'investigatore riferì una
nuova versione alla propria squadra investigativa:

«Allora, ho una storia nuova. Lo so, vi eravate affezionati all'altra ma niente paura, anche questa non è male. Pare che Micrologo abbia avuto una colluttazione prima di cadere, dato che aveva un pezzo di vetro conficcato nel braccio. Dunque, escludendo l'erotismo, è lecito concludere che sia stato un ingresso violento nell'epidermide. D'altronde, poiché le ferite sulla testa di Micrologo sono tre, è certo che si è trattato di una caduta dal terzo piano. Ragazzi, ricordatevi che, quando si tratta di delitti, la numerologia è una scienza esatta. Pare, inoltre, che il morto abbia pronunciato una frase sui comodini, simile al motto di un'associazione di cui Micrologo faceva parte. Lo so, è una brutta notizia, ma devo dirvi che questo indizio smentisce la mia ipotesi iniziale: una persona che appartiene a qualcosa non può voler volare. Lo so, siete dispiaciuti. Dobbiamo arrenderci al fatto che, a volte, la realtà può superare il nostro intuito. Altre cose. Un certo Laio ha urlato, poco dopo la caduta: «È morto, cazzo!». Dato che, contemporaneamente, è morto il pesce rosso del suddetto, non possiamo essere sicuri che l'urlo e la caduta siano correlati in qualche modo. D'altra parte, nessuno ha sentito niente. Ah, sì: non ci spieghiamo il buco che Micrologo ha appena sopra l'inguine. Vi aggiorno. Indagherò ancora».

L'investigatore riteneva di aver compreso, a grandi linee, l'accaduto: Micrologo era caduto, a seguito di una colluttazione, dal terzo piano. Mancava ancora qualcosa: escluso il suicidio, per via dell'appartenenza del malcapitato alla Setta dei Creativi Interiori, occorreva cercare un assassino, un movente e una storia strappalacrime. Durante una riunione di professori universitari – una seduta spiritica, per la precisione - l'investigatore era riuscito a ricostruire i fatti in maniera più particolareggiata ma non completa: Micrologo era stato gettato dalla finestra dell'appartamento di Laio; il quale, avuta una breve colluttazione con l'interior design, era stato colto da un *raptus gettandi* (che spinge il soggetto a gettare dalla finestra del proprio appartamento una persona il cui nome comincia con la *m*); quell':

«È morto cazzo!»

serviva a sugellare il gesto. Ci fu un'inchiesta ulteriore che fece emergere altri dettagli.

L'investigatore sfidò sé stesso a duello. La giostra si svolse nel prato verde della curiosità ed ebbe l'effetto sperato: venne fuori altra roba. Il direttore del supermercato era effettivamente il proprietario dell'appartamento del terzo piano: gli era stato venduto a dieci euro da un palazzinaro ateniese che gli doveva un favore relativo ad una certa partita di una certa cosa. I coniugi erano presenti nella loro casa al momento della caduta di Micrologo. Il condomino del quarto piano aveva sentito il profumo della ciambella di Giocasta alle 12,00. L'interior designer era precipitato alle 12,05; poco prima, aveva criticato la posizione dei comodini, con una frase tipo:

«I comodini vanno al centro, Laio!»,

stando a ciò che era stato riportato dalla pettegolissima signora Sansetlova. Pare, inoltre, che Laio odiasse essere criticato, specialmente riguardo al proprio gusto da arredatore. Non molti giorni prima del delitto, un agente immobiliare si permise di dire:

«Eh no, il mogano no!».

Fu ritrovato nel deserto del Sahara, non in buone condizioni. L'investigatore si trovava di fronte ad una serie di elementi sparsi che non riusciva a congiungere in un telaio di senso: appena stava per fare il passo decisivo, stabilendo assassino, movente e storia strappalacrime, si fermava, diventava reticente con sé stesso. Laio seguì le indagini e, accortosi che il poliziotto non sarebbe mai arrivato ad una conclusione, fissò con lui un appuntamento. Gli strinse la mano e, senza molti convenevoli, gli confessò di essere l'assassino di Micrologo.

«Non mi convince»,

rispose l'investigatore. Il direttore, di tutta risposta, gli riferì dei dettagli che solo il colpevole poteva conoscere. Al poliziotto veniva da piangere: si stava rendendo conto che la sua inchiesta sarebbe potuta finire in quel momento. Non voleva rinunciare alla sua indagine. Una confessione non poteva bloccare tutto. Che importa della verità ad uno divorato dalla curiosità? Che figura avrebbe fatto di fronte ai suoi superiori se avesse dimostrato che il caso era chiuso? Il passo decisivo doveva compierlo l'investigatore, non l'investigato.

«Che cos'è una confessione se non una sconfessione? In fondo, si dice solo ciò che è immaginario! Chissà dove l'ho letta questa!? Sta mentendo sicuramente! La verità non la dice mai nessuno, perché questo qui dovrebbe dirla? La realtà non parla mai attraverso la bocca di quelli che confessano! Dove l'ho letta quest'altra!?», penso tra sé l'investigatore, facendo no con la testa. Laio alzò la posta, si andò a costituire:
«Io, Laio, Direttore del Supermercato, Gran Direttore di Tutti i Direttori, confesso di aver gettato Micrologo dalla finestra di casa mia. Naturalmente, il tal Micrologo è morto. Io ho gioito, urlando: "È morto, cazzo!". Il movente è una critica rivolta al mio gusto da arredatore. Inoltre, ho avuto un *raptus gettandi* che mi ha spinto ad effettuare il gesto con celerità. In stanza con me, oltre al gettato, c'era anche mia moglie Giocasta: lei si è un po' sorpresa dell'accaduto e una tipa come lei lo stupore non può permetterselo».
Il funzionario di polizia che ascoltò e trascrisse la deposizione, rispose repentinamente:
«Va bene, signor direttore, lei può andare. Arrivederci e tante care cose! Portatemi l'investigatore! A lei, invece, vent'anni di carcere, maleducato!».

Anni dopo, Laio e Giocasta passarono, in crociera, vicino alla Casa Circondariale del Pireo, dove alloggiava l'investigatore che, vedendo i coniugi brindare allegramente, gridò:

«Oh Laio, ti ricordi di me? Tu hai commesso il più grave dei peccati: non mi hai fatto scoprire tutti i cazzi tuoi! Mi hai fermato! Non dovevi confessare! Dovevi dirmi qualche altro dettaglio! Non dovevi fermare la mia ricerca! Come ti sei permesso di fermare la mia inchiesta? Io, senza inchieste, muoio! Lo capisci? Non lo capisci! Allora io ti maledico! Tuo figlio diventerà direttore del supermercato al posto tuo e ruberà la dolcezza a sua madre!».

Laio ascoltò, ma fece finta di nulla.

CAPITOLO IV
LE ORIGINI DEL MITO

Per vivere, è necessario dimenticare. Laio lo sapeva bene, perciò si godette la crociera con Giocasta. I due consumarono un rapporto sessuale, mentre fuori dal finestrino il mare era agitatissimo. I rispettivi orgasmi furono potenziati da questa visione mortifera. Il direttore e la direttora avevano l'impressione di sovrastare il male. I gemiti hanno senso solo di fronte alle tragedie. Passarono molti mesi sulla nave. Giocasta cominciò ad avvertire strani odori: era incinta. Laio reagì benissimo: credendosi il re del mondo, sentiva il bisogno di un erede. Rivolgendosi al pancione della moglie, ripeteva ossessivamente:

«Ti insegnerò tutto ciò che so sul potere affinché tu possa dire: "Buongiorno!" al momento giusto e diventare, anche per questo, Presidente del Consiglio dei ministri».

In realtà, quello che sembrava un augurio era la testimonianza che Laio temeva la realizzazione della maledizione dell'investigatore Odisseo – ebbene sì, si chiamava così. Infatti, se il bimbo fosse diventato Presidente del Consiglio dei ministri, probabilmente non sarebbe diventato direttore del supermercato. Il sesso del nascituro fu conosciuto al sesto mese, con un certo anticipo. Giocasta, in quel periodo, di notte urlava:

«Maschio! Maschio! Maschio!».

La conferma arrivò con l'ecografia, con sommo stupore del medico che, in base al numero di giornate soleggiate della primavera di quell'anno, aveva previsto fosse femmina. Sul nome dell'erede ci furono alcuni screzi. Giocasta voleva imporsi perché riteneva che su certe cose dovessero decidere le mamme. Laio si oppose. Le opzioni erano molte: Platone, Carlo, Sandro, Aristotele, Aristocle, Atanasio. La giostra fu decisiva. A Laio, un cavallo greco. A Giocasta, un cavallo tracio. Il combattimento durò due giorni e due notti. Le ferite furono molte, come le gioie. Vinse Giocasta, dopo aver inflitto a Laio un dolorosissimo colpo alla pancia che generò un livido brutto brutto. Il bambino fu battezzato al supermercato, al quinto giorno dalla nascita, nel reparto macelleria. La scelta del reparto era simbolica. Dato che, per i frequentatori del negozio, si nasceva con lo scopo di morire, l'essere macellati era la metafora più efficace per descrivere la vita stessa. Questa considerazione derivava dalla confusione tra il fine e la fine: un equivoco dovuto all'interpretazione di un'iscrizione antica, rinvenuta a Tebe, in cui c'era scritto:

«..l.. fine di tutte le cose è la morte».

Uno che si era svegliato male incise, in un pomeriggio d'estate, una *i* prima della *l*, cambiando il senso della frase e, probabilmente, della vita di tutti i tebani. Tra gli appartenenti al Collegio dei Commessi furono scelte a caso cinque donne che dovevano correre attorno ad un braciere per cinque volte a cinque chilometri orari. I giramenti di testa, provocati da questa corsa matta e circolare, facevano pronunciare alle menadi aggettivi corrosivi che avrebbero dovuto sintetizzare la personalità del pargolo: in questo caso, furono *iroso, rossiccio, intemperante, attivissimo*. Si celebrarono diverse gare, tra cui i cento metri piani. I commessi più capaci fisicamente si mettevano in posizione e partivano al:
«Via!»
Laio e Giocasta ricevettero molti regali, accompagnati da un biglietto, con la stessa frase:
«Affinché il mondo viva nella bontà».
Una carabina, un express, un moschetto, un fucile a canna liscia, una doppietta, una lupara, un fucile a pompa, un fucile a canna liscia da combattimento, un lanciagranate, un mitra, una pistola mitragliatrice, una pistola automatica, una rivoltella: questi furono i doni. Al bambino fu dato il nome di Anastasio. Il direttore lo alzò, lo presentò al supermercato e lo buttò in un cesto, con due serpenti. I rettili si uccisero tra loro e non toccarono l'erede.

«È fortunato!»,
gridò Laio. Braccia alzate, pugni in aria, cuori
altissimi: il supermercato era un tripudio di umanità
esaltata.
«Fortuna ti proteggerà dal mondo. L'universo
intero si piegherà! L'universo intero sarà sconfitto
dal suo astro più lucente: tu, figlio mio! E voi?
Vedete la luce di Fortuna che emana dal
bambino?».
«Sì, la vediamo»,
risposero i presenti.
«E allora io ti chiamo Anas…».
La cerimonia fu interrotta da un commando armato.
Quello che sembrava il capo disse:
«Siamo la mano armata della Setta dei Creativi
Interiori che tu hai infamato, Laio!».
«Dai su, andatevene…»,

disse scocciato il Direttore. Se ne andarono, senza battere ciglio. Gli applausi continuarono per due ore. Si sa, però, che sospendere un rituale non è bello: è come se si interrompesse il moto continuo dei codici che abbracciano il mondo. Laio fu pervaso da un'aura malefica. Un demone lo possedette. Il pensiero della maledizione cominciò a divorarlo. In lui, cominciò a balenare l'idea che l'augurio orrendo dell'investigatore non fosse solo il frutto della fantasia di un risentito – come, forse, in effetti era. Fu ordinato a Callisto, noto pastore della zona, di prendere in custodia Anastasio e di buttarlo nel bidone del vetro, sito in via dei Ghiacci 9. Giocasta pianse perché riteneva che su certe cose dovessero decidere le mamme. Espresse il suo disappunto con un discorso toccante:
«Madre è inizio della vita, fine della vita. Madre è sempre grande, sempre abbraccio, sempre tutto. Il dolore di chi riceve la vita in sé è più grande di ogni dolore. Dove va quella vita che era prima qua? Dove va? Le strade sono fatte per essere percorse ma partono tutte dall'inizio della vita. Madre è contorno, rappresaglia nei confronti della morte ma è essa stessa morte. Ogni volta che la vita va via, dove va? Dove va Anastasio? Non potevano buttarlo nel bidone dell'umido?».
Callisto prese in braccio Anastasio, si avviò verso via dei Ghiacci 9 e cominciò a chiacchierare con il bimbo:

«Primo: sei rosso e non va bene; secondo: sei
incazzoso e non va bene; terzo: fatti legare!».
Il servo incontrò una certa riluttanza nel bambino:
rossiccio, si dimenava senza sosta per evitare di
essere legato al palo, come una vittima sacrificale.
Era destinato al comando: resisteva istintivamente
alla decisione del padre, voleva recidere ogni
legame. Callisto non riuscì a portare a termine il
suo compito:
«Io sono un uomo buono! Proprio come dice
l'attestato che mi diedero all'asilo: "Callisto è un
bambino buono". Però, ti lascio qui. Devo obbedire
a Laio. Non ti metterò io nel bidone del vetro ma ti
ci metterà qualcun altro. Io sono un uomo buono,
hai capito? La legge della bontà trionfa sempre!
Evviva la bontà!».
Mentre il servo si dileguava, passò di lì Forbante,
assistente del direttore di Banca Ardesia, con sede a
Corinto. Il bambino piangeva. I bambini piangono.
Forbante pensò innanzitutto a mimetizzarsi: alcuni
lo avrebbero creduto un ladro di virgulti.
Naturalmente, poco prima nessuno si era
insospettito, vedendo un uomo portare un bambino
con un palo conficcato nel piede vicino ad un
bidone della spazzatura. A Corinto, era buona
norma assegnare nomi corinzi agli orfani stranieri.
Così, Anastasio divenne Edipo. Il nome lo scelse
Forbante:

«Ti chiamerai Edipo: è un acronimo, sta per E Dai I Polli Odono. A Corinto, i polli, dotati di un udito eccezionale, sono il simbolo della città. Ti porterò da Polibo e Peribea. Polibo è un direttore di Banca, sai? Diventerai direttore di banca? Speriamo di no, dai! I direttori di banca sono brave persone ma tendono a fregare molte vecchie che vorrebbero dominare il mondo. Non vorrai mica dominare il mondo anche tu?».
«Si»,
rispose Edipo.
«Sai parlare? E poi, perché vuoi dominare il mondo?».
«Che significa *dominare il mondo*?».

CAPITOLO V
POLIBO

Polibo non nacque ricco né corinzio: sbocciò a Citerea, un'isola a Sud del Peloponneso, da un killer di bassa lega e una casalinga. Chirone amava definirsi *centauro* perché una volta aveva cavalcato un cavallo. Fu maestro di Achille e di Topolino e scorse in Polibo una speranza. Lo educò alla retorica, alla musica, alle arti e alla concorrenza sfrenata, soprattutto. Dato che non poteva permettersi le lezioni, l'alunno fece diversi lavori: il ghost writer per un politico (il suo, non suo, discorso più famoso fu questo: «Cari fratelli e sorelle, oggi sento di dover dire una parola di conforto ai familiari delle vittime. Il loro sacrificio non è stato vano. Saremo costretti ad agire, in accordo con la Comunità Internazionale. Non saranno coinvolti civili»); il ragioniere per un avvocato (questo fu di gran lunga il mestiere più istruttivo: scoprì quanto denaro si può guadagnare, dando una pacca sulla spalla ad un tipo che dice di essere un imprenditore agricolo); infine, innamoratosi di soldi e numeri, si occupò di riscuotere tasse non pagate, per conto di un certo Zosimo. Nel frattempo, la situazione a Citerea divenne poco favorevole per quelli nati l'otto maggio, come Polibo. Quel giorno era nato un tizio che aveva ingravidato, senza permesso, la figlia dell'assessore all'ambiente. Per questo, fu deciso, in consiglio comunale, che tutti quelli nati l'otto maggio dovevano essere bastonati fino alla morte.

Polibo non ebbe questo destino perché si travestì da spaventapasseri. Era girata, qualche giorno prima, una circolare cittadina in cui si diceva che gli spaventapasseri non potevano in alcun modo essere considerati criminali pericolosi. Bisognava, però, cominciare una nuova vita. Corinto era il posto ideale. Arrivato in città, prese il nome di Polibo: a Citerea si chiamava Karekin. Il presidente dell'Associazione Particolare Palazzinari avvicinò il giovane immigrato. Gli fece una proposta succulenta:
«So che sei qui da poco e hai bisogno di soldi. Ti offro un lavoro: occupati dei miei soldi, falli diventare tanti, tantissimi, tantissimissimi. Voglio nuotare nei soldi! *Claro*? Tu forse non lo sai, ma sei famoso. Ti chiamano *El Soldo*».
«Perché mi hanno dato un soprannome spagnolo?».
«E io che ne so? Forse, perché lo spagnolo è bello».

Polibo accettò, a patto che con lui potesse lavorare un certo Forbante. I soldi divennero come le stelle: desiderabili, lontani, visibili e, allo stesso tempo, fondamentali per sopravvivere. Lo stesso Forbante, lasciatosi affascinare dalle stelle, si dedicò all'astrologia. Riteneva gli oroscopi stupidi ma aveva approfondito la psicologia relativa ai segni solari, beandosi, tra l'altro, dei risultati raggiunti dalla sua indagine. Molti si arricchirono a Corinto grazie a *El Soldo*. I più abbienti partecipavano a delle feste sfarzose, chiamate Esercizi Spirituali Belli Belli. La polizia si interessò presto a Polibo che, tra le altre cose, aveva finanziato l'arrivo di una partita enorme di pupazzetti. Il Commissario Demetrio rimproverò, ovviamente, non il finanziatore bensì il fornitore, un sessantenne bruttissimo:

«Ma sei un cattivone! Riprenditeli! Se sei veloce, non lo dico a tua madre. Su, forza!».

Forbante, intanto, prese contatti con un certo Isaia Collina, editore ed ex prete seducente, che fece una proposta a Polibo:

«So che sei qui da molto e hai molti soldi. Ti offro un lavoro: occupati dei miei soldi, usali per robe tipo la beneficenza. Io sono buono sai! Un sacco di fanciulle mi amano perché ho la barbetta, dico che tutti devono essere rispettati e faccio finta di combattere i cattivi. Molti si fidano di me. Allora, hai capito, *El Soldo*?».

«Mi dia del lei»,
replicò stizzito Polibo.
«Mi scusi, allora siamo d'accordo?».
«Si».
«Arrivederla».
El Soldo pretese il lei, ricordandosi che l'avvocato
per cui lavorava come ragioniere diceva sempre:
«Senza un "Buongiorno" e qualche "Lei", non c'è
serietà né potere».
Isaia aveva un sogno: accorpare una serie di istituti
bancari, formando un Fronte delle Banche X da
contrapporre al Fronte delle Banche Y, guidato da
un certo Salvo, che ai tempi delle medie, aveva
baciato una ragazzina che gli piaceva. L'operazione
Ciarlatano poteva cominciare. Il nome fu scelto da
Forbante che non aveva grande stima per Isaia.
Polibo divenne direttore della Banca Ardesia,
banca di riferimento degli amichetti dell'editore ex
prete seducente. L'impresa andò a buon fine.
Forbante, in quanto classificato da Polibo come
debole di cuore, fu escluso dalla fase operativa. Il
successo ebbe un costo umano elevato: Salvo perse
la vita – questo era scontato -; ben più inaspettata
fu la morte di alcuni impiegati di Banca Ardesia
che pare avessero tradito la causa del Fronte delle
Banche X. Anche la collaborazione con Isaia
terminò presto. Conclusa l'operazione *Ciarlatano*,
Polibo, ormai direttore, ingaggiò un killer di
Citerea, Avetis, affinché uccidesse il Collina.

«Finora questa massa deforme di impiegati si è chiamata Banca Ardesia. Da ora, è lei, Direttore, la Banca Ardesia! La Banca Ardesia è la sua volontà, il suo sentimento, il suo respiro. Come resisteremo alle intemperie? Come resteremo uniti? Come potremo lavorare sicuri? Restando al suo fianco, Direttore! Lei sarà clemente con noi, non sarà spietato come i suoi predecessori: lei non è un killer! E il Fronte delle Banche Y? Lo so, amici, lo so: fa schifo anche solo nominarli, quelli lì, ma occorre nominarli per eliminarli! Il loro capo si è suicidato perché la moglie era allegrotta. Cornuto e suicida! Quelli del Fronte delle Banche Y verranno spazzati via dal Direttore! Evviva il Direttore!».
Questo discorso fu pronunciato da Iginio il Minore, durante l'insediamento di Polibo come direttore della Banca Ardesia (che si chiamava così, perché il suo fondatore, Egidio, era ossessionato da una certa Ardesia). Per festeggiare il nuovo corso, fu organizzata la Caccia alla Donna, durante la quale, gli impiegati maschi usufruivano di un permesso speciale per usare il cosiddetto "Siero dell'Amore". Naturalmente, il nome ufficiale della kermesse era Discussione Aperta su Attualità ed Arte. In questa occasione, Polibo conobbe Peribea, che precisò immediatamente:
«Sono sterile».

«Non fa niente: solo le monarchie si mantengono in vita attraverso la discendenza. Noi del Fronte delle Banche X siamo democratici! Non ci interessano queste questioni vecchie! Il nostro futuro non è un bimbo! Tu soffri, cara, lo so. Ti accarezzo, se vuoi. Diventerai Direttora, sarà bello. Potrai rifiutare gesti di gentilezza, arrabbiarti per questioni di poco conto o schiaffeggiare un'amica: tutte cose che volevi fare da tempo ma non potevi fare! Dimenticavo: potrei essere anche essere dolcissima e, magari, dire: "Buongiorno"».

CAPITOLO VI
PERIBEA

La madre di Peribea era viziata ed insicura. Per paura di rimanere sola o di perdere il controllo, aveva, con i suoi amanti, rapporti intensi ma virtuali. Uno di loro, un certo Eteocle, aveva deciso di dileguarsi. La madre di Peribea non gradì. Attirò l'amante, lo sedusse. Ebbero un rapporto sessuale. Da questo sfondo fosco, emerse Peribea. Anche lei, come Polibo, non era originaria di Corinto bensì di Sardi, in Asia Minore. Rimase presto orfana: pare che i genitori si uccisero a vicenda, a seguito di una lite scaturita dal fatto che Eteocle aveva chiesto un po' di sale al momento sbagliato. Entrò nell'orfanotrofio Santo Amore. Gli anni passati lì furono caratterizzati dall'incontro indiretto con Chirone che aveva scritto un libro in cui si lodava Corinto. C'erano frasi tipo:
«A Corinto ci si può lavare la coscienza facilmente accudendo qualcuno»,
«Corinto è il centro del potere, della cultura, dell'avanguardia».
Fatta questa lettura, Peribea decise di partire per Corinto. A lei il nome non fu cambiato: Peribea era già un nome corinzio – merito delle doti profetiche della madre. Arrivò ad agosto, durante una guerra sanguinosa tra gelatai e commercialisti. Rimase colpita dalla devastazione provocata dalle battaglie. Le urla dei gelatai erano terribili:
«La stracciatellaaaaa».

Peribea aveva deciso di unirsi al gruppo delle Preganti. Doveva dirigersi fuori città per partecipare agli Esercizi Spirituali Belli Belli. Durante una notte di cammino, si disse:
«Sto aprendo gli occhi. Non è la preghiera la mia vocazione: è aiutare gli altri! Sento che Lui mi chiede di rinunciare, di sacrificarmi, di smettere di essere tranquilla. Devo abbandonare il mondo e dedicarmi solo agli altri! Sarò al loro servizio: sento che Lui me lo sta ordinando! Ti obbedirò, Mio Signore! Servirò Te attraverso di loro!».
Il quindici agosto, durante la Festa dell'Assoggettamento, Peribea dismise gli abiti della Pregante. Il giorno dopo, fondò l'ordine delle Passionarie della Realtà, la cui divisa consisteva in pantaloncini bianchi e maglia bianca, sulla quale c'era scritto:
«Poveracci, pezzi di merda, vi salveremo!».

Lo scopo dell'ordine era dare assistenza a chiunque ne avesse avuto bisogno. Le prime adepte furono, come al solito, dodici: Cristina – una fedelissima yes woman, difensora e migliore amica di Peribea -, Stiria, Ifigenia, Teodora, Veronica, Zoe, Margherita, Teodosia, Calliope, Elena, Eulalia, Monica. Gli aderenti e i simpatizzanti divennero numerosi. Palazzo Rustichelli, sito in Via delle Marmore 1, divenne la sede dell'ordine, le cui regole erano semplici: non mostrarsi agiati, aiutare gli altri, essere accoglienti. Questo apparato comportamentale metteva l'organizzazione a riparo dall'invidia generale e dalla sensazione che questo gruppo rappresentasse un potere: la sobrietà è sempre garanzia di sopravvivenza politica. Da mezzanotte alle cinque di mattina, appena fuori città, era aperta la Casa dell'Accoglienza, nella quale chiunque poteva trovare riparo. Peribea amava particolarmente i moribondi, sui quali praticava strani incantesimi, corredati da alcune formule:

«Non te ne andrai, continuerai a vivere per sempre»,

«Vivrai accanto ai nostri cuori».

In città, invece, c'era la Casa dei Mancanti, in cui trovavano asilo moltissimi: quelli a cui non funzionava la Tv, quelli a cui non piacevano le verdure, quelli che avevano paura dei bicchieri. La gioia invase Corinto. L'ordine stava trionfando. Qualcosa, però, stava per destabilizzare la situazione. Teodosia, una delle prime adepte, si precipitò da Peribea, confessandole di essersi innamorata di un turista. La superiora le fece un discorso duro:

«Non puoi innamorarti, Teodosia, per vari motivi: primo, i legami distraggono - noi dobbiamo sempre pensare a Lui; secondo, rischieresti di dare valore a cose caduche: per resistere, dobbiamo dedicarci all'eterno, a ciò che è oltre tutto. D'altro canto, ci sarebbe una via di uscita: te ne parlo perché sei una delle prime dodici adepte. Ama chi non ti ama. Non amare chi ti ama. Facendo così, non sarai mai debole. Non cederai mai alla catena del sentimento. Sarai libera di servire Dio. Sarai libera di servire gli altri. Lui ti ricompenserà. Gli altri ti ricompenseranno. Diranno di te che sei una brava ragazza. Tutti ti vorranno bene. Sarai forte, soprattutto. Tu non devi amare, non devi essere amata. Non possiamo permetterci prigionie. Noi siamo l'ordine. Evviva l'ordine!».

Teodosia divenne zelante, orgogliosa, sorridente.
Scampato questo pericolo, ne sorse un altro. Uno
dei Mancanti, Ambrosio, si presentò al cospetto di
Peribea, dicendo di non sentirsi più mancante e di
avere la sensazione di vivere davvero. Inoltre,
aveva scritto, in preda all'euforia, una frase su un
muro, al centro di Corinto:
«Viva chi ama, muoia chi non ama, muoia due
volte chi vieta l'amore».

Peribea era furibonda. La scritta fu cancellata, Ambrosio condannato a morte e la parola *amore* bandita. Questi editti ebbero efficacia immediata. La città non ne fu sconvolta. Per i Corinzi, le Passionarie della Realtà non dovevano essere temute. Fu istituita la Festa delle Passionarie della Realtà. La prima edizione si svolse così: tutta la popolazione di Corinto fu invitata a visionare, in Piazza Vittoria, su un maxischermo, le prime due stagioni de "La stagione delle fragole". Il capolavoro viene trasmesso ancora oggi. Ecco la trama. Anna è una giovane ragazza col sogno di fare l'astronauta. Abita con il padre e il fratello Sergio. La madre è scappata con un calciatore del Kavala, serie C2 greca. È innamorata da sempre di Teo, Colonnello della gendarmeria di stato. Lui, però, è interessato a Sandra, étoile del Teatro di Sardi - personaggio preferito di Peribea. Anna esce con un astronauta. Ha una colluttazione con lui, ma lo sposa. Lui, però, poco dopo il matrimonio, scappa in Germania. Lei lo raggiunge. Lui la vede e dice:
«Che vuole questa?».
Lei, al che, esclama:
«Mi chiami con un pronome dimostrativo ma ti adoro!».
La Festa delle Passionarie della Realtà si concluse tra lacrime e gridolini di giubilo. Peribea tenne un discorso brevissimo:

«Cari Mancanti, adoratevi come io ho adorato voi».
Cominciò, subito dopo, la Discussione Aperta su
Attualità ed Arte. Opportunamente, la superiora
fece rientrare tutti nella Casa dei Mancanti. Lei,
invece, rimase in Piazza della Vittoria, usando
come scusa alcuni noiosissimi impegni finanziari
da sbrigare. Pensò tra sé:
«Mi toccherà assaggiare il frutto ambitissimo
dell'amore».
Sì: voleva legarsi a qualcuno, aveva pronunciato la
parola *amore*: trasgredì. Ma, d'altronde, chi vieta
qualcosa lo fa perché vuole tenersi quel qualcosa
tutto per sé.

CAPITOLO VII
IL CONDIZIONAMENTO

Forbante portò il piccolo Edipo al cospetto di
Polibo e Peribea. Il bambino dimostrò
immediatamente le sue abilità comunicative:
«Che significa dominare il mondo? Di chi sono
figlio io? Ho fame!».
Interrogativi simili, provenienti da una bocca
neonata, generarono, nel direttore e nella direttora,
molto stupore. Ravvisarono una certa propensione
al comando, di cui furono felici, ma si
preoccuparono per il dubbio circa la genitorialità.
«Dobbiamo convincerlo che è nostro figlio!»,
disse, allarmata, Peribea.
«Hai ragione, dobbiamo trovare una strategia
educativa unica!».
I neogenitori giunsero ad una conclusione. Era
necessario persuadere Edipo che il niente esiste, per
due motivi: primo, perché, dopo aver creduto ad
una sciocchezza simile, avrebbe potuto convincersi
di qualunque cosa, compreso il fatto di essere figlio
di Polibo e Peribea; secondo, perché, per poter
dominare il mondo bisogna pensare che il mondo
sia niente. Era importante che la frase:
«Il niente esiste»
diventasse un mantra. D'altronde, bastava sottrarre
il per ottenere la frase perfetta per un dominatore:
«Niente esiste».

Peribea suggerì che il futuro Presidente del Consiglio dei ministri – sì, anche Polibo si augurava che Edipo non diventasse direttore – si dedicasse ad una ricerca spasmodica del contatto e del consenso altrui. Bisogna sentire gli altri, per comandarli. Insomma, Edipo doveva diventare un nichilista inconsapevole, con manie di controllo e attenzione affannosa verso chiunque: un imbecille, praticamente.

«Magari ti illuderai anche di poter fare i cazzi tuoi, ma sarai solo uno schiavo!»,

pensava tra sé Forbante, guardando gli occhi azzurri di Edipo. L'operazione *Edipo, niente* era partita. Per prima cosa, il piccolo andava portato ad un funerale: doveva osservare la morte, di cui avrebbe avuto paura per tutta la vita. Era indispensabile accompagnare la visione con alcune frasi, pronunciate, per l'occasione, da Polibo:

«Caro Edipo, guarda il signor Maurizio. Ora è niente. Ma Tornerà. Nessun morto muore davvero. È scomparso dal nostro mondo ma sta andando nei Campi Elisi!».

«Se lo chiamo, torna?»,

chiese Edipo che, dopo tutto, era ancora un bimbo.

«Certo che torna!»,

rispose il padre. La seconda tappa di questo meraviglioso percorso educativo consisteva nell'intrattenersi con il documentario:

"Il leone vince sull'orso",

vincitore del Grizzly d'Oro al Festival del Cinema Tracio.
«Non ho mai visto un leone guardare un documentario sui leoni»,
pensava tra sé Forbante, ricordando i versi di una canzone e guardando gli occhi azzurri di Edipo. Il leone, terrorizzato dall'orso, non voleva neanche avvicinarsi, però rifletteva:
«Cosa sono quei versi clamorosi? Cosa sono quelle zampe fortissime? Niente! Cos'è la vita dell'orso? Niente! Cos'è per me il pericolo? Niente!».
Il felino, sebbene inferiore, era ben più motivato del suo avversario e, così, vinse lo scontro:
«Sì, mi sono guadagnato il paradiso dei guerrieri! Cos'è la morte per me? Niente! Cos'è la morte per l'orso? Tutto!».

Il terzo step dell'operazione pedagogica *Edipo, niente* fu l'inserimento del piccolo in un gruppo di bambini. Tutti ascoltavano *Is this it*, lui divenne fan dei *The Strokes*. Tutti vedevamo *Diavolo Romolo*, festival della canzone corinzia, lui sapeva a memoria tutte le canzoni. Tutti ridevano per un video divertente, lui ne era rallegrato. Naturalmente, al futuro Presidente del Consiglio dei ministri, non fregava nulla di tutto ciò. Lo faceva per stare vicino ai suoi sudditi, per domarli, per amarli, per dipendere da loro affinché loro potessero dipendere da lui. Col passare del tempo, il suo attaccamento aumentò, soprattutto in seguito ad un consiglio di Peribea:
«Per governare questi scemi, devi essere scemo».
A lungo andare, Edipo divenne scemo. Alla richiesta di un passante – pagato da Polibo -, all'altezza di via Salvo 3:
«Tu di chi sei figlio?»,
rispose:
«Di Polibo, il direttore, e di Peribea, la direttora».
Prima che diventasse adulto, la madre gli diede un'ultimissima raccomandazione:
«Sentili molto, ascoltali poco ma soprattutto trattali sempre benissimo. In questo modo, loro si sentiranno in colpa, sempre! Sempre, Edipo, sempre!».

Scuola Media Don Bravissimo. Terzo anno. Edipo
beveva, come tutti, una birra al giorno. Anche
Alfiste, figlio di un muratore, ingurgitava Peroni. Il
direttorino disse:
«Buongiorno»
al professore di scienze motorie. Era un segnale. Il
muratorino fu arrestato. Edipo no. Alfiste fu murato
vivo, dato che, a detta del Collegio Docenti e del
Gran Consiglio dei Genitori, aveva inquinato, con
quella birra, il percorso didattico degli altri ragazzi.
Poco prima dell'esecuzione, tutta la classe fece
visita al morituro, che si congedò in pace perché
Edipo gli aveva detto:
«Buongiorno».
Scuola Superiore Ambrosio, fondata da Peribea, in
seguito ad una crisi nervosa. Un ragazzo non
vedente, Basilisco, aveva sentito parlare del
direttorino ma, per ovvi motivi, non lo aveva mai
visto, quindi, una volta, incontrandolo, non
ricambiò il solito:
«Buongiorno».
Edipo era indispettito e si ripeteva:
«Come si permette 'sto cieco? Come si permette
'sto cieco…».

Ci fu anche un altro episodio importante: Basilisco
rise perché il direttorino aveva pronunciato la
parola *orsacchiotto*. Edipo lo punì, sparando due
colpi di rivoltella. Ricordate il parco di armi
ricevuto da Edipo durante il suo battesimo al
supermercato? Era stato sequestrato in seguito ad
alcuni fattacci avvenuti a Tebe, portato a Corinto e,
poi, acquistato da Banca Ardesia. Tra questi
giocattoli, c'era anche una rivoltella. Pom pom.
Questo gesto cruento era spiegabile. Edipo era
traumatizzato. Quando aveva sei anni, una folata di
vento fece cadere il suo pelouche preferito, un
orsacchiotto, da una mensola. Pianse per molto
tempo, tanto che Peribea, per consolarlo, gli
comprò una delle isole Giaguare. Torniamo al
povero Basilisco, il quale non morì,
incredibilmente: dovette solo – si fa per dire –
acquistare, con una certa urgenza, una carrozzina. Il
delitto fu ripreso dalla telecamera del secondo
piano. Il professore di scienze motorie chiese conto
al direttorino dei due colpi di rivoltella. Gli fu
risposto:
«Professore, è avvenuto nel passato e il passato è
niente. Il niente esiste, sa? Il passato non conta
niente!».
«È vero!»,

ribatté estasiato il docente. Edipo si salvò. Nel frattempo, Corinto fu invasa da una moltitudine di cavallette, comandate dalla Cavalletta Assassina Suprema che arrivò alla porta della città, col proprio esercito, pronunciando il discorso seguente: «Quest'estate fa caldo. Come tutte le estati in cui fa caldo, ci siamo noi a turbare le vostre vite. Non vogliamo dominarvi ma distruggervi! Entreremo nelle vostre case, nelle vostre credenze, nelle vostre menti! Corinzi, non scapperete: se ci proverete, sarete coperti da una coltre di Sorelle Cavallette Speciali! Non scapperete mai, Corinzi! I vostri nomi Corinzi non saranno più niente! I vostri bambini si adegueranno ai nostri costumi, faranno parte di un corpo scelto chiamato Umani Cavallette Speciali e vi uccideranno! Morirete tutti! Le Sorelle Cavallette vivranno per sempre!».
Edipo passò accanto alle truppe. Schiacciò, involontariamente, tutti gli insetti. Si salvò, di nuovo. Salvò la città.

CAPITOLO VIII
LA FORTUNA, IL DUBBIO, LA SALA D'ATTESA

Polibo e Peribea, pur soddisfatti, chiesero spiegazioni a Edipo, in merito al tentato omicidio. Lui rispose così:
«È stata la Fortuna, io non c'entro. Non potevo fare diversamente. Basilisco mi ha costretto. La volontà è niente, sapete? Ah, sì, lo sapete già: me lo avete insegnato voi».
Polibo, in particolare, si mostrò entusiasta ed espresse la sua gioia a Peribea:
«Sono contento che abbia tirato fuori questa storia della Fortuna. Ha capito che non deve credersi padrone delle cose. La Fortuna serve a questo: a deresponsabilizzarsi anche quando non ce n'è bisogno, a non considerare la propria forza personale. Come abbiamo fatto a farglielo capire così bene? L'operazione *Edipo, niente* è riuscita. Complimenti a noi, Peribea!».
«Siamo degli ottimi genitori»,
aggiunse Peribea, mettendo i piatti in tavola. Il rapporto di Edipo con la Fortuna aveva origini lontane. Durante il battesimo, avvenuto nel supermercato, suo padre biologico, Laio, aveva esclamato:
«È fortunato! Fortuna ti proteggerà dal mondo. L'universo intero si piegherà! L'universo intero sarà sconfitto dal suo astro più lucente: tu, figlio mio! E voi? Vedete la luce di Fortuna che emana dal bambino?»

(il nome *Fortuna*, in questo caso, indicava una dea, non il puro caso, per questo non era mai preceduto dall'articolo *la*). In effetti, Edipo poteva definirsi avventurato. Trovò, una volta, a terra, cinquecento euro, appartenenti ad un impiegato che doveva pagare una bolletta micidiale. Li prese, naturalmente. L'impiegato si accorse del furto e reclamò indietro i suoi soldi. Edipo se li tenne: «È stata la Fortuna, io non c'entro. Non potevo fare diversamente. La banconota mi ha costretto. La volontà è niente, lo sai? No, non lo sai!».
Edipo era solito visitare alcuni negozi di dischi di Corinto. Era un modo per coltivare interessi musicali, assumendo una posa nazionalpopolare, e, allo stesso tempo, presentarsi come un esperto della materia, provocando l'interessamento delle élites. Erano passati due mesi dai fatti riguardanti il povero Basilisco. Era arrivato il momento di rilassarsi, cercando qualche bel disco nuovo. Il Direttorino andò da *Dischi Belli*, in via Salvo 34. Toccò con l'indice *Turn on te Bright Lights* degli *Interpol*, *Silent Alarm* dei *Bloc Party*, *Hot Fuss* dei *The Killers*, *Is this it* dei *The Strokes*, *The Black Room* degli *Editors*, *Favourite Worst Nightmare* degli *Artctic Monkeys* e *Up the Bracket* dei *The Libertines*. Uscendo dal negozio, la tragedia: Basilisco era lì:

«Avrei potuto pagare qualche vecchio killer di Citerea ma non l'ho fatto. Rosso, lo sai di chi sei figlio tu?».
Il paraplegico si dileguò, sorridendo. Il dubbio dilaniò Edipo. Le lacrime premevano alle porte degli occhi. Le dita viaggiavano poco spedite tra i capelli rossi. Le labbra erano molli.

«Essere un figlio è niente? No, non è niente! Cos'è questo *non è niente*? Significa che, per me, essere un figlio è tutto o è niente? È qualcosa. Essere un figlio per me è importante. Di chi sono figlio io? Di Peribea, che mi ha insegnato ad onorarli per dominarli? Di Polibo, che mi ha insegnato a dire: "Buongiorno"? Di entrambi. Nessuno di loro ha i capelli rossi. Io ho i capelli rossi. Perché non posso vantarmi che uno dei miei genitori ha i capelli rossi? Perché non conosco nessuno zio? Sono morti tutti. Ma i morti ritornano. Perché proprio gli zii non tornano mai? No, mi sto sbagliando. Niente esiste. Non esistono distinzioni, differenze, gradi. Niente esiste. Essere un figlio è come acquistare un detersivo *Naxid* al supermercato: nulla di più, nulla di meno. Il più e il meno sono robe da matematici. La matematica è arida. La ragione, no. Io ragiono! Sono figlio di Polibo e Peribea. Non l'ho scelto io. È stata la Fortuna, io non c'entro. Non potevo fare diversamente. La natura mi ha costretto. La volontà è niente, sai? Sì che lo sai, te lo hanno insegnato. Andrò comunque da Maga Sandra. Era una étoile del teatro di Sardi, saprà pur dirmi qualcosa di bello sull'essere un figlio. Alle étoiles piacciono i soldi. La pagherò. Mi dirà. Piangerò, ma saprò!».

La residenza di Maga Sandra distava da Corinto, in auto, cinque ore. Edipo, neopatentato, decise di partire, portando con sé uno dei suoi pelouches preferiti: Adalberto, una riproduzione, in scala 1:1, di un re longobardo. Prima di partire, doveva fare un checkup dal Dottor Demetrio, medico di famiglia e cugino del più famoso Commissario. La sala d'attesa era quasi vuota. C'era solo un vecchio: «Giovanotto, ci metterò un attimo. Devo solo farmi asportare un rene che sarà venduto al mercato nero. Buon proseguimento».

Edipo sorrise. Mentre si svolgeva l'asportazione nella stanza del medico, entrò un altro vecchio che attaccò bottone immediatamente:

«Sai perché sono qui, giovanotto? Ho un dolore al cuore, una fitta. Deve essere per via di quella storiaccia. Ero in guerra. La mia fidanzata era qui. Mi mandava molte lettere, con la stessa domanda: "Dove stai?". Io le rispondevo sempre: "Al pub". Non la prese bene. Non era vero. Flirtavo con un'avversaria: divisi dalla divisa, uniti nell'unione! Ci frequentammo poco ma quel poco ci bastò. Ci innamorammo. Dovemmo lasciarci. Le guerre finiscono sempre nel momento sbagliato! Non la vidi mai più!».

Edipo si commosse:

«Ma è una storia stupenda! Le sono vicino. La ritroverà nei Campi Elisi, ne sono certo! Anzi, che dico? La ritroverà domani!».

Il vecchio, rincuorato, ringraziò di essere nato e di aver incontrato un giovanotto così pieno di sentimento. Mentre si svolgeva l'asportazione nella stanza del medico, entrò un altro vecchio che attaccò bottone immediatamente:

«Sai perché sono qui, giovanotto? Ho un dolore alla gamba. Me la sono slogata ieri, per via di una ragazzina. Le avevo appena detto: "Ti stupro!". Non so perché, lei ha cominciato a correre. L'ho inseguita, sono caduto e mi sono slogato la gamba».

Edipo si commosse:

«Cosa non si fa per i sentimenti? Lei è un signore vigoroso! Dimostra meno anni di quelli che ha! Quella ragazzina non sa cosa si è persa. La prossima volta insista: cederà, cederà! Lei ha fascino! Ho appena conosciuto un altro signore ricco di verve. Perché non vi accordate per conquistare la donzella?».

Il vecchio, rincuorato, ringraziò di essere nato e di aver incontrato un giovanotto così pieno di sentimento. Mentre si svolgeva l'asportazione nella stanza del medico, entrò un altro vecchio che attaccò bottone immediatamente:

«Chi è l'ultimo?».

«Il ragazzo con i capelli rossi»,
disse il vecchio col problema alla gamba.

«Il ragazzo ci ama, ci farà passare!».

Terminata l'asportazione, uscì il Dottor Demetrio, interrompendo l'idillio e chiamando a sé Edipo:
«Tocca a lei, direttorino».
Il giovanotto – come lo chiamavano loro – si giustificò:
«Scusate se non vi ho fatto passare. Siete tutti molto cari. Ho appena chiesto al dottore di far passare tutti i vecchi che sarebbero arrivati dopo di me. Lui ha insistito per visitarmi. È stata la Fortuna, io non c'entro. Non potevo fare diversamente. Il dottore mi ha costretto. La volontà è niente, sapete? No, non lo sapete. Buongiorno».
Tutti i vecchi, estasiati, ringraziarono di essere nati e di aver incontrato un giovanotto così pieno di sentimento. La visita andò bene. Edipo si mise in auto. Non si sentiva pronto per un viaggio: poco male, Adalberto lo avrebbe protetto. Alla radio c'era un pezzo:
«Vuoi conoscer solo tipi famosi/sei un'arrampicatrice sociale, sì/Vuoi conoscer solo tipi famosi/ami lo status e i soldi, sì/ma non lo ammetterai maiii/ Vuoi conoscer solo tipi famosi/sei un'arrampicatrice sociale, sì/Vuoi conoscer solo tipi famosi/ami lo status e i soldi, sì/ma non lo ammetterai maiii/».

CAPITOLO IX
L'ANNUNCIO E LA FUGA

Parcheggiare non fu facile. L'impresa, ad ogni modo, si compì. Edipo scese dall'auto, illeso, e fu accolto dalla voce gentile di Maga Sandra: «Buongiorno, entra pure!»;
rimase positivamente colpito dal *buongiorno* – avrebbe voluto sentirlo altre trenta volte. Per giungere alla Stanza delle Consulenze, bisognava gettarsi da uno scivolo giallo – diverso dai soliti, noiosi scivoli rossi – e, poi, catapultarsi su una sedia di plastica, sempre gialla. La fattucchiera partì subito col botto:
«Allora, deficiente, so che vuoi sapere di chi sei figlio. Che domanda stupida!».
Quel *deficiente* provocò nel direttorino un piacere immenso, più intenso della goduria del *buongiorno*.
«Affinché io possa risponderti, è assolutamente necessario che tu superi cinque prove. Dovrai, nell'ordine: infatuarti completamente della sottoscritta; regalarmi un teatro per una notte; squartare il tuo pelouche preferito; riaprire la ferita che hai sul piede; entrare in uno studio televisivo, senza conoscere nessun Vip».

La prima prova fu facile da superare. Edipo, infatti, si era innamorato già della Maga Sandra. Il *buongiorno* lo aveva estasiato. Il *deficiente* lo aveva fatto sentire mancante. L'*assolutamente necessario* lo aveva privato di ogni forza, consegnandolo alla sua dimensione naturale: il niente.

«È stata la Fortuna, io non c'entro. Non potevo fare diversamente. La maga mi ha costretto. La volontà è niente, sai? Sì che lo so! Finalmente, ho le prove!».

La seconda prova fu una passeggiata. Edipo chiamò uno dei vecchi incontrati nella sala d'aspetto dello studio del Dottor Demetrio. Si chiamava Giovanni ed era Direttore del Teatro Sofocle di Corinto.

«Salve caro! Si ricorda di me, immagino. Se mi permette di visitare il teatro stanotte, la farò entrare nella Spazzineria».

Giovanni accettò, con gli occhi lucidi. La Spazzineria era un'associazione segreta che si avvaleva di un simbolismo attinente al mestiere degli operatori ecologici. Era il paradiso degli arrampicatori sociali: nessuno contava nulla ma tutti davano l'impressione di contare qualcosa. Si svolse, quindi, la serata al Teatro Sofocle. Edipo dava l'impressione di contare qualcosa e la Maga Sandra dava l'impressione di essere affascinata. Per gli amanti delle coincidenze, segnaliamo che l'ultima tragedia messa in scena, prima di questo rendez vous, si chiamava *Impressioni*. La terza prova non fu facile. Il pelouche dovette subirsi le lacrime di Edipo:

«Come posso squartare la mia infanzia? Inserendo questo coltello nella tua pancia, Adalberto, sarebbe come se mi infilzassi il cuore! Cuore e stomaco non sono poi così diversi, stanno entrambi nel corpo. Poi, ciò che sta dentro vale sempre di più di ciò che sta fuori. In ciò che sta dentro c'è più niente rispetto a ciò che sta fuori. Lascio la mia infanzia, cresco finalmente! Volo, volerò e volerò ancora! Nelle braccia della bellissima e gentilissima Maga Sandra, viaggerò, pur stando fermo. O mi muoverò? Sì, mi muoverò verso una vita migliore! Farò meglio! Farò!».

La penultima prova fu complicata. Era necessario –
bell'aggettivo – che Edipo si facesse del male, ma
pensò che fosse buona norma non farlo
volontariamente, dunque, allestì un'autotrappola.
Nel bagno di Maga Sandra, furono installati due
sensori: il primo si sarebbe attivato, non appena
qualcuno avesse fatto cento passi nella stanza; il
secondo, subito dopo, avrebbe provocato la discesa
improvvisa di una lama, a cinque centimetri dal
water. Ora, che si arrivi a cento passi in un bagno, è
difficile. Edipo, però, sapeva autosabotarsi e lo
dimostrò anche stavolta. Entrò in bagno, canticchiò
Maledetta primavera e la ballò, saltellando. I passi,
così, furono cento. La lama calò. Il piede fu trafitto.
«Ahia».
L'ultima prova fu stressante. Di solito, in un posto
nuovo, Edipo faceva tante domande, tra cui la
classica:
«Buongiorno, chi comanda qui?».
Invece, catapultato nello studio televisivo, fu
guardingo. Frenò la sua compulsione arrivistica.
Non si fece nessuna domanda. Per eliminare
completamente il rischio di ogni estroversione
improvvisa, era necessario – che bell'aggettivo –
annullarsi, ma non come faceva di solito.
Occorreva sparire, passare tra la gente, giocando a
nascondino con sé stessi. Così fece. Mentì:
«Sono il tecnico audio».

Lo fecero entrare, perché aveva una camicia carina.
Queste prove avevano un imprecisato senso
pedagogico. Tutti i truffatori che incontravano il
direttorino, come Maga Sandra, sentivano
l'urgenza di insegnargli qualcosa, di condurlo
chissà dove, di amarlo. Il momento stava per
diventare solenne. L'ora della risposta era arrivata.
«Maga Sandra, bellissima ed educatissima, dimmi
dunque, rosa mia, di chi sono figlio io?».
La fattucchiera sbiancò, sorprendendosi, come se
non conoscesse il contenuto del quesito:
«Non si chiedono queste cose ad una signora!
Deficiente, brutto, cattivo, traditore, vigliacco,
testicolo, bestia, stronzo!».
Pur incantato dalla caterva di insulti, Edipò incalzò:
«Ti ringrazio, cara, ma di chi sono figlio io?».
«Rosso, lo sai di chi sei figlio tu? Sei solo un
grandissimo figlio di putta…».
Partì *I Bet You Look Good On The Dance Floor* di
Baby Charles (non degli *Arctic Monkeys*). Maga
Sandra cominciò a ballare. Il direttorino insistette.
La fattucchiera pronunciò una frase sibillina:
«Tu, deficiente, diventerai direttore al posto di tuo
padre e ruberai la dolcezza a tua madre!».

Deficiente era una bella parola, ma il resto cosa significava? Si può disobbedire ai propri genitori? La storia della dolcezza non era certamente più chiara. Edipo si incamminò, alla ricerca di un malcapitato ascoltatore che avrebbe dovuto sorbirsi le sue lagne. Fu scelta una donna sulla cinquantina, che stava leggendo un libro su una panchina e che, per questo, non poteva non essere un'ascoltatrice provetta.

«Che ore sono?».

Lei non rispose. La lunga elegia cominciò ugualmente:

«Se divento direttore al posto di mio padre e rubo la dolcezza a mia madre, compio sicuramente un delitto. Io non voglio compiere un delitto. Io sono buono. Non si può chiedere a un figlio di deludere e tradire i genitori! Meglio la morte, la liberazione! La morte è meglio di questo dolore perché è la cessazione di ogni dolore. Non posso rubare la dolcezza a mia madre: è ciò che le ha permesso di vincere il titolo di Donna Più Buona del Mondo. Per mio padre, essere direttore è tutto: è ciò che lo tiene in vita e io non voglio che muoia. Io posso morire, lui no! Io posso morire, mia madre no! Cosa sarebbe Peribea senza il suo cuore infinito? Cosa sarebbe Polibo senza la sedia in pelle del suo ufficio? Cosa sarei io, se loro non ci fossero? Io devo essere niente, loro devono essere tutto!».

Un signore, sempre sulla cinquantina, empatico nei confronti della lettrice non ascolatrice, urlò dal balcone di casa sua:
«Hai rotto i coglioni con 'sta lagna!».
Edipo lo fece arrestare. Ma si sentì violentato da tanta brutalità. Tanto da non voler più vedere la sua Corinto. La fuga era l'unico modo per non soffrire, per non far soffrire i suoi. Tebe era un'ottima meta per gli esuli: accoglieva chiunque sapesse battere le mani per due giorni consecutivi. Edipo giunse alle porte della città. Battette le mani per due giorni consecutivi. Le porte si aprirono. Una nuova vita, una nuova novità, un nuovo niente.

CAPITOLO X
IL CARISMA DEL RITORNO

L'avvocato Aldo Maria Gentili, originario di Siracusa, operava a Tebe. Il secondo nome aveva una funzione illusionistica: garantiva una sorta di nobiltà perenne, uno scudo contro la mancanza di ogni nobiltà pratica. Avendo sfiorato, una volta, per caso, il Presidente del Consiglio dei ministri, Aldo amava definirsi Grande Amico del Presidente del Consiglio dei ministri. Un giovedì, mentre conversava con un magistrato circa lo stato dell'arte contemporanea tebana, all'improvviso, cominciò un discorso sulla propria giornata tipo:

«È davvero stressante, Carlo, stressantissima. Mi alzo molto presto oppure molto tardi – lo sai, sono un anarchico -. Vado in ufficio. Mi subissano di domande. Poi, mi chiama lui, tutti i giorni: non mi ricordo l'ora precisa – lo sai, sono un anarchico -. Dicevo, mi chiama lui, Corrado, e mi chiede cosa deve fare con lo scostamento di bilancio. È una vitaccia, Carlo, è una vitaccia!».

Si riferiva a Corrado Austriaci, Presidente del Consiglio dei ministri. Chiamare per nome una persona famosa è un modo modesto per vantarne la conoscenza e, dunque, per segnalare il proprio status. L'avvocato era bugiardo e vanaglorioso. Questo non impedì ma, anzi, favorì la formazione di una corte di cretini: i Grandi Amici dell'Avvocato. La grande catena dei Grandi Amici di Qualcuno non aveva mai fine. Tutti credevano di essere grandi amici di tutti. Pensavano che, così, il male non potesse lambirli. Sentivano aria di casa in ogni luogo in cui aveva messo piede un Grande Amico di Qualcuno. Il familismo non era l'unico problema di Tebe - sia chiaro, nessuno lo percepiva come un problema -. Nella città dei lunghi applausi, c'era anche un sole che spaccava le pietre. I tebani che potevano permetterselo compravano un costosissimo condizionatore *Nikiad*. Aldo aveva caldo. Per questo, ottenne un finanziamento da un certo Sant'Alessandro, di cui si conosceva la santità ma non il cognome, e acquistò il famigerato condizionatore. Agli operai che installarono l'arnese nell'ufficio fu data una mazzetta, affinché non dicessero in giro che, prima del *Nikiad*, c'era un bruttissimo e poco costoso *ClimaBell*. Passarono due mesi. Sant'Alessandro, da buon operatore finanziario, era molto preciso e puntuale. Aldo Maria Gentili avrebbe dovuto estinguere il proprio debito mercoledì alle 17,00. Mercoledì, alle 16,59, il santo si presentò in ufficio. L'avvocato volò dalla finestra. Questo episodio, di per sé insignificante, a causa del numero altissimo di cadute dalle finestre registrato a Tebe, divenne importante, perché il malcapitato cadde sulla *Passat* di Laio. Il direttore del supermercato ebbe un sussulto e sterzò violentemente a sinistra, scontrandosi con una station wagon. L'incidente ebbe conseguenze spirituali molto gravi. Laio, dopo uno svenimento momentaneo, scese dall'auto: si accorse che il parabrezza era rotto. Un direttore, senza parabrezza, non esiste. Avrebbe dovuto abdicare, abbandonare il Soglio Frigorifero, smettere di abbracciare il detersivo *PulisciPoco*. I momenti successivi alla visione del parabrezza rotto furono tremendi. Gli occhi erano fermi. Le braccia penzoloni. La bocca semi aperta. L'ormai ex direttore era caduto in una catalessi irreversibile. La sua temperatura corporea si era abbassata vertiginosamente. Si era congelato, letteralmente. Scese dalla station wagon un ragazzo rossiccio, dal volto iroso: un certo Edipo che, dopo aver guardato con disprezzo l'uomo ghiacciolo, scappò via verso il Regno delle Omissioni di Soccorso – in pratica, fuggì a gambe levate. Nei giorni successivi, Laio, data la sua fissità permanente, divenne un'installazione artistica, chiamata *Uomo fermo ma non fermo, contraddizione pura, uomo non uomo, è tutto bellissimo, le contraddizioni sono bellissime:*

Questo nome fu il frutto della fantasia di Alejandro
Cortez, intellettualino che si illudeva di poter
diventare uno scrittore di mestiere, sebbene avesse
uno stile confusionario, pretenzioso e inefficace.
Col passare del tempo, la statua generò un culto. La
devozione si espresse prima architettonicamente,
poi socialmente: attorno a Laio – era ancora questo
il suo nome? – venne costruito un tempio;
dopodiché, fu istituito un clero, organizzato
gerarchicamente. I gradi erano: Pentagono (il
cinque era considerato sacro a causa del numero
delle dita delle mani tebane); Libro Nero (i libri
bianchi erano ritenuti portatori di malattie gravi,
come il raffreddori); Bravo Bravissimo (chiunque
faceva parte della comunità dei credenti era bravo
bravissimo); Dono (chiunque faceva parte della
comunità dei credenti doveva donarsi agli altri);
Piccolo Dono (anche i piccoli doni sono
apprezzabili); Colombo (l'origine, in questo caso, è
dubbia: si sa solo che riguarda la *Columba Livia*,
presentissima a Tebe); Ragazzino (bisogna essere
sempre piccini dentro!). Naturalmente, al di sopra
di tutti c'era il dio Non – ecco il nuovo nome di
Laio -, a cui, dopo diversi concili, fu dedicata la
cosiddetta preghiera universale:

«Oh caro dio Non, ti amiamo! Tu sei niente, ti amiamo! Tu sei in tutti noi, ti amiamo! Non, faremo del male! Non, vivremo! Non, saremo disonesti! Non, annetteremo! Non, assisteremo! Non, assolveremo! Non, cadremo! Non, cingeremo! Non, coglieremo! Non, vorremo!". Alejandro, prevedibilmente, si cosparse di benzina, perché non gradì il culto. Prima di ardere, pronunciò anche lui qualcosa. Le sue ultime parole, però, furono coperte dalle urla di una ragazza a cui mancavano tre esami per laurearsi: "Oddio, ma che cazzo, oddioooo!».

CAPITOLO XI
LA SFINGE

A Safiria piacevano le carezze, il giallo e i prati: le carezze, perché i suoi genitori gliene avevano donate tante, contro il giudizio della comunità educante, che negava il valore pedagogico dell'affetto; il giallo, perché era il colore del sole, del giorno, della visione; i prati, perché erano distese d'erba che resistevano al deserto vomitato dall'oppressione. Safiria adorava tutto quanto era considerato insignificante dai tristi, dagli arrendevoli, dai risentiti che avevano la necessità di tumulare la bellezza, per far fiorire male la bruttezza da cui erano infestati. Safiria non odiava il piacere, perciò, faceva cose piacevoli: frequentava le carezze, il giallo e i prati. Ogni suo respiro sembrava accompagnato da una frase:
"Tutto questo esiste"
che era anche l'incipit del volumetto *Presenza*, il cui autore era Giacomo Nataniele. Il testo continuava così:

"Tutto questo esiste. Dobbiamo arrenderci. L'esperienza del dolore e la non esperienza della morte ci spingono a rigettare l'esistenza del tutto. Sentiamo quasi il dovere fisiologico di ammettere la nullità dell'esistenza. D'altro canto, tutto questo esiste, nonostante noi. Tentiamo tutti i giorni di iniettare dosi di niente nel mondo, ma il mondo ci abbraccia, comunque. Lo tradiamo costantemente, amando Dio, un dio, una dea: la sua bontà ci lambisce, comunque. Tutto questo esiste ed è bello. Le carezze lo testimoniano: due o più pelli si incontrano, attivando la gioia che non si è mai sopita se non nei nostri occhi stanchi. Il giallo lo testimonia: una luce sulle cose, un sorriso inevitabile. I prati lo testimoniano: coperte vellutate, giochi verdissimi. Tutto questo esiste, è bello e ci è vicino. Anche quando tutto sembra perduto per il prossimo o per noi, tutto questo esiste ugualmente. Anche quando spariremo, non potremo andarcene: il mondo ci terrà con sé: magari, in mare, in un cimitero o nella carezza gialla di un prato".

L'explicit suonava tremendo: "Lo abbiamo capito: la morte per noi non esiste, come il male".

Presenza non ebbe una grande diffusione ma fu letto dalla Maestra Demetra, falsa amica dell'autore, che definì il libro *troppo felice* e lo bruciò. Proprio durante l'ora della Maestra Demetra, Safiria si guadagnò il soprannome di Sfinge. Una volta, passò spontaneamente, con un sorriso, la soluzione del compito di matematica ad Anfitrite. Il quale, però, si risentì:

"Tu mi vuoi fregare! Perché mi dai la soluzione? Tu mi vuoi fregare! Poi lo dici alla maestra!"

e rivolgendosi a tutti, urlò:

"La S. finge!". All'istituto Bravi Tebani gli alunni venivano chiamati solo con l'iniziale del nome, per evitare personalismi - era una direttiva ministeriale, accolta di buon grado dai sempre aggiornati docenti tebani -. Tutti, subito, in coro:

"La S. finge! La S. finge!".

Lo ripetettero per due al giorno, ogni giorno, fino alla fine della scuola: era la proverbiale bontà dei bambini tebani. Pian piano la frase divenne:

"La Sfinge! La Sfinge!".

Si pensò che Sfinge fosse il suo vero nome. Si diffuse la convinzione che Safiria fingesse sempre, tanto che nacquero diversi modi di dire che collegavano la Sfinge alla falsità o alla simulazione. Ad esempio, quando si doveva invitare un testimone a mentire in tribunale, gli si sussurrava:

"Fai la Sfinge!";

oppure, quando si volevano lodare le doti recitative
di qualcuno, gli si diceva:
"Sei una gran bella Sfinge!".
Nessuno credeva a Safiria:
"Ma mi prendi in giro?",
"Ma pensi che io sia scemo?",
"Non sono qui a perdere tempo con te!",
"Ma guarda questa bugiarda!".
Lei piangeva, rifletteva, soffriva molto. La sua vita
era marchiata da un'esposizione continua
all'equivoco. Giacomo Nataniele riteneva che chi
testimonia una certa vitalità – come Safiria – si
presta facilmente al qui pro quo:

«Gli esseri umani sono dominati dalla paura del dolore e della morte. Inoltre, essi hanno l'impressione che conoscere qualcosa significhi controllarla, renderla impotente, diminuirne la pericolosità. Per questo, un individuo passa la maggior parte della sua vita a mettere in scena dolore e morte. Così, infatti, egli può conoscere questi mostri e, dunque, dominarli. C'è una tragedia di cui si è registi, al di là del male accidentale. L'umanità è composta perlopiù da filmmakers che allestiscono sets lugubri. Il lieto fine è bandito dal dramma. Vedere il dolore e la morte, anche a costo di esserne protagonisti, dà l'illusione di essere preparati, di poter controllare le evidenze più turpi, di poter gestire il male. Come si rappresentano il dolore e la morte? Cercando la sparizione, il sacrificio di sé, l'invisibilità, l'ascesi, la violenza, la privazione, la sottrazione, la distanza, la diminuzione, i desideri impossibili, il potere assoluto. Cercando, dunque, ciò che non esiste: in una parola, il niente. "Il niente esiste", dice il pauroso, applaudendo a chiunque confermi questo assunto. Così, Leopold von Masoch diceva alla sua Venere: "Annientami!", godendo della propria sparizione. Masoch non è mai solo. Gli esseri umani sono Masoch. Però, cosa accadrebbe se qualcuno dimostrasse l'esistenza e la bellezza del mondo anziché l'esistenza e la bellezza del niente? Cosa accadrebbe se qualcuno amasse

davvero le carezze, il giallo e i prati? Cosa accadrebbe se qualcuno assecondasse questo amore attraverso il piacere? Cosa accadrebbe se qualcuno non partecipasse alla rappresentazione collettiva del dolore e della morte? Cosa accadrebbe se qualcuno non rifiutasse la bellezza e la abbracciasse e ridesse? Probabilmente, questo qualcuno verrebbe equivocato. Tutti penserebbero a lui come un campione della simulazione, un bugiardo, uno che vuole prendere in giro tutti, di cui non ci si può fidare. "Troppo bello per essere vero". Nel migliore dei casi, lo si condannerebbe alla solitudine; nel peggiore, lo si brucerebbe vivo. Ogni volta che si vive intensamente, si viola la legge della rappresentazione del dolore e della morte (*Presenza*, p. 34, Patos Edizioni, 20...)».
Safiria, un giorno, mentre passeggiava col suo cane Saverio, incontrò Filoteo, un vecchio compagno di scuola, che pronunciò una fattura, degna dei maghi peggiori:
«Sei molto fortunata, Safiria, i tuoi genitori ti hanno fatto le carezze. Sai che loro moriranno prima o poi? Questo cane scapperà perché avrà trovato una cagnolina da ingravidare. Anche i cani hanno bisogno d'amore! Il tuo sorriso se ne andrà: non avrai per molto questo sorriso, la vita è brutta!».
La Sfinge, scioccata, ebbe comunque la forza di ribattere:

«Sei un po' giù?».
«Sto benissimo, tu non sei normale! Hai capito? Sì
che sto male, porco giuda. Sto malissimo! Perché,
se io sto male, tu stai bene? Dimmi perché!».
Il cellulare squillò. Era l'occasione giusta per
andarsene. Safiria si dileguò. Saverio abbaiò. Il sole
stava per tramontare: l'arancione non dominava
ancora e il celeste combatteva per esserci. Vicino
ad un palo della luce, sostava Giacomo Nataniele.
Safiria lo guardò. Non si conoscevano. Pensavano
le stesse cose, ma non lo sapevano. Entrambi
amavano le carezze, il giallo e i prati, ma non lo
sapevano. Giacomo ricambiò lo sguardo. Il cervello
doveva smettere di funzionare. Gli occhi dovevano
stare aperti. I discorsi dovevano finire. Erano
entrambi vivi. Risero. Videro uno che scendeva da
una Cadillac. Risero. Videro una che diceva:
«Io sono complicata!».
Risero. A causa della loro ilarità, tutti gli idoli
erano crollati. Con un cenno d'intesa, avevano fatto
incetta di dèi. Il Commendator Demetrio, zio del
commissario e del medico, inciampò. Risero.

CAPITOLO XII
LA RISOLUZIONE DELL'ENIGMA

Stazione di Tebe. Ore 10,40. Safiria e Giacomo dovevano prendere il treno per Atene alle 10,50.
«Che ore sono?»,
chiese la Sfinge ad un Edipo ansimante che aveva appena fatto una pausa dalla sua corsa verso il Regno delle Omissioni di Soccorso. La risposta fu repentina e sussurrata:
«10,48».
«Ah, che fortuna! Siamo ancora in tempo! Grazie mille!».
La coppia si congedò. Edipo, riavutosi leggermente, ebbe le energie per interrogarsi sul quesito che la ragazza le aveva posto:

«Sono stato uno stupido! Perché le ho risposto? Tra l'altro, le ho dato una risposta semplice, immediata, conseguente. Era una trappola: nessuno può porre una domanda così innocente senza nascondere qualcosa! Ha finto, sicuramente. Lassù c'è un orologio: poteva vederlo lì l'orario! Perché lo ha chiesto a me? Perché sono bello. Sono molto fascinoso: tutti si prostrano di fronte alla mia immane sensualità; tutti entrano nella mia sfera di influenza; tutti si lasciano ammaliare dalla mia magia. Non possono andarsene. Non possono lasciarmi solo. Se qualcuno dovesse abbandonarmi, io morirei! Nessuno vuole che io sparisca perché elargisco dosi di intimità fittizia a chiunque abbia l'agio di respirare. Quando un respirante arriva giunge alla mia corte, rimane intrappolato. Ma io dico a loro che sono liberi così non vanno via. I respiranti non sono fatti per scappare da me. Io sono fatto per scappare da tutto. Sto scappando anche dall'incidente che ho provocato. Poco male: è il mio ennesimo atto di crudeltà. Il parabrezza rotto è niente! Quello che guidava la Passat è niente! Quelli che mi stanno inseguendo sono niente! La ragazza mi ha fatto quella domanda perché ansimavo? No, lei era una respirante. Io soccorro i respiranti. Sono lì, preziosi, in cerca d'aiuto. Garantiscono applausi, coscienza pulita, dipendenza: tutto ciò di cui ho bisogno per vivere. Oddio, non li proteggerei in ogni caso. Faccio un esempio. Vedo due ragazze, entrambe col gomito rotto, perché hanno giocato a Rompi il Gomito dell'Avversario. Lascio morire di dolore la più brutta. Do una mano alla più bella. Chiamerò la mia ambulanza personale. Lei mi sarà grata per sempre. Faremo un figlio che io non riconoscerò. La ragazza mi ha fatto quella domanda perché fa parte…non voglio nemmeno pensarlo! Sì, invece, sì! Fa parte della Setta di Quelli che sono Contro Edipo. L'organizzazione è nata quando ero piccolo. Giocavo a calcio. Ero un attaccante, un bomber, uno che segnava di rapina. Un giorno, un bambino sconosciuto mi fece fare il portiere. Aveva qualcosa contro di me. Panico. Gli altri sapevano che avrei reagito male. Invitai un energumeno a fargli arrivare una pallonata nelle palle. Così fu. Morto sul colpo. Dissero che era deceduto per un errore durante la degenza in ospedale. Io ne uscii pulito. L'organizzazione si palesò nuovamente quando stavo per andare al liceo. Una ragazza si mostrò interessata a me. Fu la prima volta. Era scema, come me. Non avevamo niente in comune. Ci sedemmo vicini durante una festicciola tremenda. Da allora, penso sempre a lei. La amo perché non mi ha fatto sentire solo. Non mi ha abbandonato. Questo vale più di tutto. Sta là. Chi la smuove. È il mio porto sicuro. Uno della Setta di Quelli che sono Contro Edipo mi disse che dovevo lasciarla perdere. Lo uccisi di botte. Voleva dire a me come

condurre la mia vita! A me? Io sono fortissimo! Io non sto bene. Non importa. Che significa stare bene? Sono tutti pazzi!».
Stazione di Tebe. Ore 10,50. Roberto, fuggitivo anche lui, si fermò, ansimando anche lui, davanti a Edipo, che chiese:
«Sei un fuggitivo anche tu?».
La risposta fu repentina e sussurrata:
«Sì».
Si attivò in entrambi una competitività furiosa: avrebbero terminato i rispettivi fuggifuggi, gareggiando. Il punto di arrivo sarebbe stato il supermercato *Sei Bello Se Compri*, sito in Via delle Martellate 16. Centro metri piani. Edipo: 9 secondi. Roberto: 11 secondi. Vincitore: Edipo.
Dichiarazione del vincitore:
«Non ti vedo, scemo, non ti vedo!".
Salto in lungo. Edipo: sette metri. Roberto: otto metri. Vincitore: Roberto. Dichiarazione del vincitore:
«Miao, miao».
Lancio del peso. Edipo: cento metri. Roberto: novanta metri. Vincitore: Edipo. Dichiarazione del vincitore:
«È un peccato che un giudice non possa certificare questa meraviglia».
Salto in alto. Edipo: sette metri. Roberto: sei metri. Vincitore: Edipo. Dichiarazione del vincitore:
«Sì, ti supero, cazzo! Ti supero!».

Quattrocento metri piani. Edipo: quaranta secondi.
Roberto: trenta secondi. Vincitore: Roberto.
Dichiarazione del vincitore:
«Bau Bau».
Cento metri ostacoli. Edipo: non cadde al primo
ostacolo. Roberto: cadde al primo ostacolo.
Vincitore: Edipo. Dichiarazione del vincitore:
«Gli ostacoli sono niente!».
Lancio del disco. Edipo: settanta metri. Roberto:
settantuno metri. Vincitore: Roberto. Dichiarazione
del vincitore:
«Beee».
Lancio del giavellotto. Edipo: cento metri. Roberto:
un metro. Vincitore: Edipo. Dichiarazione del
vincitore:
«Ti infilzo, cazzo! Ti infilzo!».
Millecinquecento metri piani. Edipo: tre minuti.
Roberto: due minuti. Vincitore: Roberto.
Dichiarazione del vincitore:
«Cra cra».
Alla fine, erano cinque pari. Chi aveva vinto?
Edipo. Per quale motivo? Nessuno.

«Ho vinto, bastardo! Chi vince vede solo il traguardo, perché tutti gli altri stanno dietro! Io non ti vedo, scemo! Non ti vedo! Nessuno mi ha mai superato! Sono il migliore! Non saresti stato certo tu a insidiarmi! Io non ascolto nessuno! Faccio finta. Al massimo, carpisco informazioni per diventare più potente. I cretini ascoltano veramente. Sai come mi chiamavano quando ero adolescente? L'ascoltatore! Che scemi: non avevano capito niente! Ti ho schiacciato! Non ti vedo!».
Roberto, però, continuò la sua fuga. Edipo ora piangeva:
«Non puoi lasciarmi solo! Fai anche tu parte della Setta di quelli che Sono Contro Edipo?! Non mi abbandonare! Io da solo che faccio? Vieni qui! Quello che dicevo prima non era vero! Io ascolto davvero: ricordo tutte le tue parole! Non dimentico nulla perché devo vendicarmi, prima o poi! Che dico? No! Non te ne andare! Non scomparire all'orizzonte: questa scena ha un ché di cinematografico. Ho sempre sognato di conoscere un regista! Non andare!».

CAPITOLO XIII
L'INCORONAZIONE

«Che vuoi fare da grande?»
«Il direttore di un supermercato».

È un dialogo impossibile. Essere il direttore di un supermercato non è un lavoro affascinante. Nulla a che vedere con l'infanzia. In effetti, da virgulto, nemmeno Edipo aveva mai rivelato aspirazioni simili, ma, ventiduenne, colse una grossa occasione: era morto da poco Laio, direttore del supermercato *Sei Bello Se Compri*, sito in Via delle Martellate 16. Si candidò, dunque, alla guida del negozio. Presentatosi al cospetto del Collegio dei Commessi, scoprì, però, con sommo sbigottimento, che, per proporsi, avrebbe dovuto compiere un rito. La nomina vera e propria sarebbe avvenuta in un secondo momento, per acclamazione. Il Rito Amico ed Accennato per la Successione al Soglio Frigorifero poteva cominciare. Il candidato doveva, nell'ordine: piangere per due ore (le lacrime versate testimoniavano il terrore, condiviso da tutti i frequentatori del negozio, che la fine di un regno potesse causare la fine di tutti i regni); accarezzare due frammenti di parabrezza (il significato di questo gesto rituale era ignoto); pronunciare, infine, questa formula, rivolgendosi idealmente al direttore precedente:

«Vattene, vattene: tanto arriva un altro dopo di te!» (questa dizione stabiliva la continuità del regno al di là della morte di un singolo regnante). Edipo compì il rito e divenne, tra le urla dei frequentatori del negozio, Direttore del Supermercato.

«Vuole assumersi davvero questa responsabilità!»,

«E' molto volenteroso!»,
«Ha il carattere giusto!».
I membri del Collegio dei Commessi si
scambiavano molte frasi di questo genere. C'era
molto entusiasmo per il nuovo capo. L'euforia
aumentò dopo che percosse immotivatamente un
addetto al reparto detersivi, gridando:
«Io ti chiedo un *PulisciTutto* e tu mi dai un
PulisciPoco. Sei un putrido letame umano! Non sei
degno nemmeno dell'astratto senso del pudore che
mi porterebbe ad ignorare la tua esistenza!».
Questa enfasi insopportabile convinse tutti che
Edipo era l'uomo giusto al posto giusto. Il rito, di
solito, si concludeva con la consegna, per mano
della figlia del commesso più anziano, di una
confezione di *CioccoLasco* al nuovo direttore
(questo cioccolato era pubblicizzato con uno slogan
abominevole: "*CioccoLasco*, il cioccolato che
scende lasco nell'esofago!"). Per l'occasione, il
prodotto fu rinominato *CioccoEdipo*. Il nuovo
direttore pronunciò il discorso seguente:

«Cari Commessi, care Commesse, cari Clienti, care Clienti, cari Vecchi Arroganti che pretendono di essere sempre il numero ventitré al banco macelleria: è a voi che mi rivolgo! Aiutatemi! Continuate ciò che Nicostrato ha cominciato: fate guadagnare il negozio! Il negozio non sono io, non siete voi: il negozio è il suo stesso guadagno! Cresceremo insieme, diventeremo più ricchi, ameremo donne, uomini, case al mare, case in montagna. Quante case in montagna compreremo! Sì, perché, cari Commessi, care Commesse, cari Clienti, care Clienti, cari Vecchi Arroganti, diciamocelo: le case al mare sono per i liberi professionisti, non per noi, impavidi frequentatori del supermercato! A noi, la montagna e le sue vette! A loro, il mare e le sue bassezze! Riusciremo nel nostro intento se saremo umani: se ci ammireremo reciprocamente, se ci ameremo reciprocamente, se ci amareggeremo reciprocamente ma moderatamente! Quanto saranno umani i nostri gesti quotidiani! Quanto saranno umani i nostri sguardi d'intesa: ci capiremo al volo, non avremo necessità di comunicare esplicitamente, ci capiremo! Il negozio sarà un meccanismo splendido, barocco, efficientissimo! Ecco, noi saremo gli ingranaggi! Grazie a noi, il meccanismo sarà automatico, autonomo, aerodinamico: non avrà bisogno di altre filiali, di salvatori presunti, di messianismi improvvisati!

Libero, ricco: ecco il negozio che vogliamo! Viva il supermercato, viva l'aspirapolvere, viva i pantaloni gialli! Grazie!».

La vita del negozio veniva adornata da parole che non suonavano per nulla retoriche.

«Buonasera»,

«Buongiorno»

«Sei davvero radioso oggi!»,

«Dai, grande fiore, puoi farcela!».

I commessi, a causa di queste galanterie del direttore, non erano in grado di percepire la violenza. Paradigmatico il caso della commessa della cassa quattro alla quale lui sorrideva e, di solito, subito dopo, sferrava un pugno in faccia. Pur avendo dei segni viola sulla guancia destra, lei non riusciva a dire altro che:

«Grazie, Direttore!»

Allo stesso modo, l'addetto al reparto detersivi, già innamorato dopo il primo rimprovero, sembrava incapace di non andare in estasi di fronte al proprio aguzzino. Ingiuriato delirava, aprendo le braccia e biascicando frasi tipo:

«Ancora!»,

«Merito tutto questo!»,

«Come sei dolce!».

Rinvenuto, raccontava di meravigliose visioni, in cui il direttore aveva le sembianze – parole sue – dell'uomo più gentile del mondo. Naturalmente, qualcuno tentava di ribellarsi. Le reazioni erano feroci, però: il delatore era tacciato, nel migliore dei casi, di follia e si sentiva dire spesso frasi come questa:
«Il direttore è bravissimo, non può aver fatto questo o, se lo ha fatto, c'era un motivo oppure non ha fatto niente di tutto ciò e tu sei un bastardo!».
Giocasta era ancora la figlia del commesso più anziano, perciò aveva donato la confezione di *CioccoLasco* al regnante del supermercato. La profezia si era avverata. Edipo, figlio biologico di Laio e Giocasta, era diventato direttore la posto di suo padre e aveva rubato la dolcezza a sua madre. *Rubare la dolcezza*, in questo caso, significava afferrare con voracità la barretta di *CioccoLasco*, come, in effetti, il neodirettore fece. Giocasta aveva riconosciuto suo figlio da un particolare fisico di cui non parleremo. Versò una lacrima perché riteneva che su certe cose dovessero decidere le mamme. Andò davanti alla porta del bagno dove stava pisciando il suo nuovo compagno.
«Esci subito, cazzo!».
Lui non uscì immediatamente. Giocasta si tagliò un'aorta.

CAPITOLO XIV
LA VERITÀ

Le urla di Giocasta furono coperte dai festeggiamenti. Le celebrazioni ufficiali terminarono. Edipo era direttore. La maggior parte dei frequentatori del negozio era andata via. Rimasero in pochi. Il neodirettore decise di dar luogo ad una festa ulteriore: una messinscena, per intrattenere gli astanti. Fu scelto a caso un commesso del reparto Macelleria. Gli fu dato il nome Carneade – è lecito pensare che la sua appartenenza al reparto Macelleria abbia influito parecchio sulla scelta. Edipo, poco prima di iniziare, aveva indottrinato ben bene il commesso, promettendogli, in caso di riuscita del rito, un aumento cospicuo. Da quel momento, Carneade sembrava agire non più secondo la sua volontà: rispondeva ad una sorta di codice superiore. Cambiarono, magicamente, anche i suoi connotati. Il pubblico fu stupito da quello che apparve come un vero e proprio cambio di identità:
«Ma non aveva gli occhi azzurri? Ora li ha verdi!»,
«Ha meno rughe, sembra più giovane!»,
«Quasi quasi, me lo sposo! Uno che riesce a trasformarsi così deve essere un tipo straordinario!».

Il mormorio si interruppe perché un altro evento aveva immediatamente monopolizzato le coscienze dei presenti. Carneade aveva preso, da uno scaffale del reparto Piante, un copricapo cornuto e lo aveva indossato. Questa strana collocazione del cappello era dovuta alla goliardia di qualche facinoroso che, qualche giorno prima, si era divertito a disseminare indumenti ed accessori tra bonsai ed etere. Partì una strana musica. Pare che Edipo avesse selezionato personalmente il pezzo in questione: *Okay Okay* di Pino d'Angiò. Tutti furono rapiti da una strana voglia di ballare. Iniziarono le danze. Carneade fu piazzato su una piattaforma elevatrice e portato sulla cima dello scaffale più alto del negozio. Terminarono le danze. Era necessario rivolgere l'attenzione all'Altissimo Carneade che affermò, con la solennità e l'enfasi propria di chi non ha nulla da dire:

«Sono qui, sullo scaffale più alto, oltre il Soglio Frigorifero, al di là di ogni direttore. Mi sono spinto fin quassù per diventare Carneade, il Direttore dei Direttori che guarda dall'alto ogni cosa».

Due donne tebane, che soffrivano di vertigini, lo raggiunsero. La scelta non fu casuale: le donne dovevano soffrire stando in alto vicino al regnante, perché, come diceva Edipo:

«Chi sta in alto, al fianco del regnante, deve sempre tremare di paura».

«Datemi la pietra!»,
ordinò Carneade. Le donne, col viso vacillante,
ricevettero una pietra da Mario, tuttofare
fidatissimo, e la porsero al regnante.
«Questa pietra è la pietra più pesante e patente
dell'intero patto di Pangea. Piangete!».
Tutti piansero. Era il momento di obbedire o,
comunque, di lasciarsi andare al flusso delle parole
del regnante. Si aveva la sensazione che,
interrompendo questo dialogo con Carneade, ci
sarebbe stata l'apocalisse. Per questo, Edipo aveva
invitato il finto direttore a fare, all'occorrenza,
piccoli discorsi escatologici:
«Guardatemi! A me gli occhi! Se i vostri occhi si
rivolgessero altrove potrebbe capitarvi qualcosa di
brutto! Potreste morire!».
Le lacrime si fecero copiose. Si levò un:
«Salvaci!»
corale, sentitissimo.
«E va bene!»,

rispose Carneade. Ci furono valanghe di applausi.
Il governante scese tra i governati. La gioia era
diffusa. Gli abbracci, numerosi. Qualcuno
ansimava, a causa della stanchezza che questa
giostra emotiva provocava. In ogni caso, nessuno
era pago di sé. Agli occhi di Carneade, appariva
una mandria di mancanti. Edipo, osservando la
scena, ricordò Peribea, si commosse.
All'improvviso, entrò nel supermercato un leone
ruggente ma docilissimo, affittato dal vero direttore
per un'ora a cinque euro. Si sparse il terrore.
Carneade affrontò la belva: si avvicinò con
sicurezza all'animale e gli inflisse un'incornata.
Colpito, il leone disse:
«Miao»
e fuggì. Fu un tripudio:
«Ci hai salvato, Carneade! Grazie!»,
«Siamo al sicuro! Nemmeno un leone può mettere
in pericolo gli abitanti del negozio! Evviva
Carneade!».
«Queste due corna vi hanno salvato! Io sono il re
dalle due corna! Io sono un cornuto!».
Fu allestita un'enorme tavola da pranzo. I mancanti
divennero commensali. Un addetto al reparto
Surgelati si lanciò in una lode sperticata del
capretto, servito come piatto principale:

«Questo capretto è dolce come il miele,
ammirevole come il sole, calante come la luna,
digeribile come uno yogurt magro, commovente
come l'altruismo e sano come un pesce. Carne e
pesce non sono nemici: anzi, combattono, uniti,
contro le forze del male! Fino a quando regnerà
Carneade, carne e pesce saranno dalla nostra parte
e saremo sicuri. Ti siamo fedeli, Carneade!».
Il regnante rispose da poeta:
«Io sono l'astro, i miei raggi illuminano ogni
oscurità. Siate benedetti, figli miei!».
Ancora valanghe di applausi. Carneade bevve un
bicchiere di aranciata:
«Ho bevuto. Diventerò immortale! Distruggerò il
leone più forte: la Morte!».
«E noi saremo salvi per sempre!»,
ribatté Mario, tuttofare fidatissimo. Ancora
valanghe di applausi. Durante questo momento di
esultanza massima, Edipo si avvicinò a Carneade,
gli disse:
«Arrivederci caro!»
e poi gli sparò in testa. Naturalmente, questa parte
del rito non era stata anticipata al falso direttore,
dato che, se avesse saputo, non avrebbe accettato:
degli aumenti di stipendio non si può godere nei
Campi Elisi. Silenzio generale. Mario,
intraprendente, urlò:

«Evviva Edipo, il Vero Direttore! Ha sconfitto Carneade, il Falso Direttore! Ora Edipo ci proteggerà!».
Si espanse nuovamente la gioia. Il corpo morto di Carneade fu gettato nel bidone del vetro. Edipo, soddisfatto, andò nel reparto Spade e impugnò una lama di ottima fattura. Pronunciò parole identiche a quelle di Carneade:
«Io sono l'astro, i miei raggi illuminano ogni oscurità. Siate benedetti, figli miei!»,
aggiungendo:
«Questa spada è indivisibile, come noi! Un unico negozio, un solo supermercato, un esercito di commessi. Questa spada è indivisibile, come noi! Un ferocissimo clan, pronto a tutto pur di far guadagnare il negozio. Questa spada è il mio raggio che, attraverso voi, illumina il mondo. Pretende una spada anche voi e liberata il mondo dai discount! Loro sono i veri nemici. La nemica di tutti, la Morte, non ci riguarda. Beviamo un po' di aranciata. Saremo immortali! Vi guiderò alla conquista dei cuori degli uomini! Le loro interiora si animano solo di fronte all'eterno. Diamogli l'eterno! Noi siamo l'eterno filo che lega i mondi slegati! Noi siam…».

Questo discorso travolgente fu interrotto dall'ingresso di Callisto, leccapiedi di Laio che era stato incaricato, anni prima, di disfarsi di Edipo. La sospensione della corrente rituale generò subito il panico, anche nel Direttore:

«Hai interrotto il rito, scemo! Ora il mondo può finire, capisci? Il mondo è tutto sfilacciato. Noi lo leghiamo e tu lo sfilacci! Ma che fai? Stai mandando tutto in malora!».

Callisto capì che l'unico modo per sfuggire alla rabbia generale era spiegare chi era e che ci faceva lì:

«Calmi, state calmi! Sono qui solo per dire la verità. Sono un uomo buono e devo dire la verità. Mi chiamo Callisto. Collaboravo con Laio, ex direttore del supermercato. Questa storia comincia tempo fa. Laio era Direttore e marito di Giocasta. Micrologo era un interior designer pedante che fece un'osservazione poco carina sulla posizione di alcuni comodini, presenti nella casa del Direttore. Di solito, una situazione come questa si sarebbe risolta in uno screzio. Ma Laio, come tutti, aveva dei raptus: gettò Micrologo dalla finestra. Si svolsero delle indagini. Odisseo scoprì, tra alterne vicende, che il colpevole era Laio. I funzionari di polizia, sempre solerti, decisero, però, che era più opportuno arrestare l'investigatore. Di solito, una situazione come questa si sarebbe risolta in uno screzio. Ma Odisseo, come tutti, aveva dei raptus: lanciò una maledizione all'indirizzo di Laio: "Tuo figlio diventerà direttore del supermercato al posto tuo e ruberà la dolcezza a sua madre!". Pian piano, la paranoia si impadronì del Direttore che decise di buttare Anastasio, suo figlio, nel bidone del vetro, sito in via dei Ghiacci 9. Affidò a me questo compito ingrato. Non ce la feci. Sono un uomo buono! Lasciai il bambino vicino al bidone. Decisi di andarmene, ma restai a guardare per un po'. Mi accorsi che qualcuno aveva preso Anastasio e gli aveva detto: "Ti chiamerai Edipo…". Fui felice. Il senso di colpa, però, mi divorava ancora. Avrei

vegliato sul pargolo. Si, Edipo, ti ho seguito nelle tue avventure! C'ero quando Maga Sandra ti ha detto: "Tu, deficiente, diventerai direttore al posto di tuo padre e ruberai la dolcezza a tua madre!". C'ero quando hai investito Laio. Ci sono ora che sei Direttore al posto suo e ladro di dolcezza. Quella da cui hai preso la barretta di *CioccoLasco* è la tua vera madre! Quello che hai investito è il tuo vero padre! Polibo e Peribea non sono i tuoi veri genitori! Le maledizioni si sono realizzate! Sei diventato direttore al posto di tuo padre e hai rubato la dolcezza a tua madre!».
Edipo rispose: «A me di tutta questa storia non me ne frega niente. Il niente esiste, lo sai?».